春初新韭 秋末晚菘

汪曾祺散文精选

汪曾祺 著

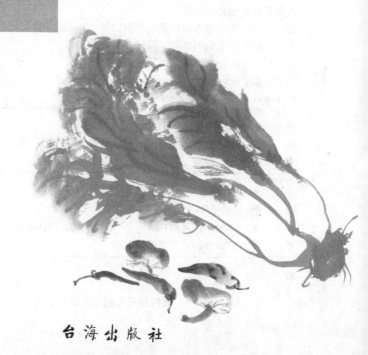

台海出版社

图书在版编目（CIP）数据

春初新韭　秋末晚菘：汪曾祺散文精选 / 汪曾祺著.
—— 北京：台海出版社，2020.10
ISBN 978-7-5168-2694-2

Ⅰ．①春… Ⅱ．①汪… Ⅲ．①散文集－中国－当
代 Ⅳ．① I267

中国版本图书馆 CIP 数据核字（2020）第 146935 号

春初新韭　秋末晚菘：汪曾祺散文精选

著　　者：汪曾祺

出 版 人：蔡　旭　　　　　　封面设计：亿德隆文化
责任编辑：王　萍

出版发行：台海出版社
地　　址：北京市东城区景山东街20号　　邮政编码：100009
电　　话：010-64041652（发行、邮购）
传　　真：010-84045799（总编室）
网　　址：www.taimeng.org.cn/thcbs/default.htm
E-m a i l：thcbs@126.com

经　　销：全国各地新华书店
印　　刷：天津兴湘印务有限公司
本书如有破损、缺页、装订错误，请与本社联系调换

开　　本：880毫米×1230毫米　　1/32
字　　数：200千字　　　　　　印　　张：10
版　　次：2020年10月第1版　　印　　次：2020年10月第1次印刷
书　　号：ISBN 978-7-5168-2694-2

定　　价：49.80元

目录

花 园

——茱萸小集二

在任何情形之下，那座小花园是我们家最亮的地方。虽然它的动人处不是，至少不仅在于这点。

每当家像一个概念一样浮现于我的记忆之上，它的颜色是深沉的。

祖父年轻时建造的几进，是灰青色与褐色的。我自小养育于这种安定与寂寞里。报春花开放在这种背景前是好的。它不致被晒得那么多粉。固然报春花在我们那儿很少见，也许没有，不像昆明。

曾祖留下的则几乎是黑色的，一种类似眼圈上的黑色（不要说它是青的）里面充满了影子。这些影子足以使供在神龛前的花消失。晚间点上灯，我们常觉那些布灰布漆的大柱子一直伸拔到无穷高处。神堂屋里总挂一只鸟笼，我相信即是现在也挂一只的。那只青裆子永远眯着眼假寐（我想它做个哲学家，似乎身子太小了）。只有巳时将尽，它唱一会，洗个澡，抖下一团小雾在伸展到廊内片刻的夕阳光影里。

一下雨，什么颜色都郁起来，屋顶，墙，壁上花纸的图案，甚至鸽子：铁青子，瓦灰，点子，霞白。宝石眼的好处这时才显出来。于是我们，等斑鸠叫单声，在我们那个园里叫。等着一棵榆梅稍经一触，落下碎碎的瓣子，等着重新着色后的草。

我的脸上若有从童年带来的红色，它的来源是那座花园。

我的记忆有菖蒲的味道。然而我们的园里可没有菖蒲呵？它是哪儿来的，是那些草？这是一个无法解决的问题。但是我此刻把它们没有理由的纠在一起。

"巴根草，绿茵茵，唱个唱，把狗听。"每个小孩子都这么唱过吧。有时什么也不做，我躺着，用手指绕住它的根，用一种不露锋芒的力量拉，听顽强的根胡一处一处断。这种声音只有拔草的人自己才能听得。当然我嘴里是含着一根草了。草根的甜味和它的似有若无的水红色是一种自然的巧合。

草被压倒了。有时我的头动一动，倒下的草又慢慢站起来。我静静地注视它，很久很久，看它的努力快要成功时，又把头枕上去，嘴里叫一声"嗯！"有时，不在意，怜惜它的苦心，就算了。这种性格呀！那些草有时会吓我一跳的，它在我的耳根伸起腰来了，当我看天上的云。

我的鞋底是滑的，草磨得它发了光。

莫碰臭芝麻，沾惹一身，嘻，难闻死人。沾上身子，不要用手指去拈。用刷子刷。这种籽儿有带钩儿的毛，讨嫌死了。至今我不能忘记它：因为我急于要捉住那个"都溜"（一种蝉，叫的最好听），我举着我的网，蹑手蹑脚，抄近路过去，循它的声音找着时，拍，得了。可是回去，我一身都是那种臭玩意。想想我捉过多少"都溜"！

我觉得虎耳草有一种腥味。

紫苏的叶子上的红色呵，暑假快过去了。

那棵大垂柳上常常有天牛，有时一个，两个的时候更多。它们总像有一桩事情要做，六只脚不停地运动，有时停下来，那动着的便是两根有节的触须了。我们以为天牛触须有一节它就有一岁。捉天牛用手，不是如何困难工作，即使它在树枝上转来转去，你等一个合适地点动手。常把脖子弄累了，但是失望的时候很少。这小小生物完全如一个有教养惜身份的绅士，行动从容不迫，虽有翅膀可从不想到飞；即是飞，也不远。一捉住，它便吱吱扭扭地叫，表示不同意，然而行为依然是温文尔雅的。黑地白斑的天牛最多，也有极瑰丽颜色的。有一种还似乎带点玫瑰香味。天牛的玩法是用线扣在脖子上看它走。令人想起……不说也好。

蟋蟀已经变成大人玩意了。但是大人的兴趣在斗，而我们对于捉蟋蟀的兴趣恐怕要更大些。我看过一本秋虫谱，上面除了苏东坡米南宫，还有许多济颠和尚说的话，都神乎其神的不大好懂。捉到一个蟋蟀，我不能看出它颈子上的细毛是瓦青还是朱砂，它的牙是米牙还是菜牙，但我仍然是那么欢喜。听，瞿瞿瞿瞿，哪里？这儿是的，这儿了！用草掏，手扒，水灌，嚯，蹦出来了。顾不得螺螺藤拉了手，扑，追着扑。有时正在外面玩得很好，忽然想起我的蟋蟀还没喂呐，于是赶紧回家。我每吃一个梨，一段藕，吃石榴吃菱，都要分给它一点。正吃着晚饭，我的蟋蟀叫了。我会举着筷子听半天，听完了对父亲笑笑，得意极了。一捉蟋蟀，那就整个园子都得翻个身。我最怕翻出那种软软的鼻涕虫。可是堂弟有的是办法，撒一点盐，立刻它就化成一摊水了。

有的蝉不会叫，我们称之为哑巴。捉到哑巴比捉到

"红娘"更坏。但哑巴也有一种玩法。用两个马齿苋的瓣子套起它的眼睛，那是刚刚合适的，仿佛马齿苋的瓣子天生就为了这种用处才长成那么个小口袋样子，一放手，哑巴就一直向上飞，决不偏斜转弯。

蜻蜓一个个选定地方息下，天就快晚了。有一种通身铁色的蜻蜓，翅膀较窄，称"鬼蜻蜓"。看它款款的飞在墙角花荫，不知甚么道理，心里有一种说不出来的难过。

好些年看不到土蜂了。这种蠢头蠢脑的家伙，我觉得它也在花朵上把屁股撅来撅去的，有点不配，因此常常愚弄它。土蜂是在泥地上掘洞当作窠的。看它从洞里把个有绒毛的小脑袋钻出来（那神气像个东张西望的近视眼），嗡，飞出去了，我便用一点点湿泥把那个洞封好，在原来的旁边给它重掘一个，等着，一会儿，它拖着肚子回来了，找呀找，找到我掘的那个洞，钻进去，看看，不对，于是在四近大找一气。我会看着它那副急样笑个半天。或者，干脆看它进了洞，用一根树枝塞起来，看它从别处开了洞再出来。好容易，可重见天日了，它老先生于是坐在新大门旁边休息，吹吹风。神情中似乎是生了一点气，因为到这时已一声不响了。

祖母叫我们不要玩螳螂，说是它吃了土谷蛇的脑子，肚里会生出一种铁线蛇，缠到马脚脚就断，什么东西一穿就过去了，穿到皮肉里怎么办？

它的眼睛如金甲虫，飞在花丛里五月的夜。

故乡的鸟呵。

我每天醒在鸟声里。我从梦里就听到鸟叫，直到我醒来。我听得出几种极熟悉的叫声，那是每天都叫的，似乎每天都在那个固定的枝头。

有时一只鸟冒冒失失飞进那个花厅里，于是大家赶紧关门，关窗子，吆喝，拍手，用书扔，竹竿打，甚至把自己帽子向空中摔去。可怜的东西这一来完全没了主意，只是横冲直撞的乱飞，碰在玻璃上，弄得一身蜘蛛网，最后大概都是从两椽之间空隙脱走。

园子里时时晒米粉，晒灶饭，晒碗儿糕。怕鸟来吃，都放一片红纸。为了这个警告，鸟儿照例就不来，我有时把红纸拿掉让它们大吃一阵，倒觉得它们太不知足时，便大喝一声赶去。

我为一只鸟哭过一次。那是一只麻雀或是癞花。也不知从甚么人处得来的，欢喜得了不得，把父亲不用的细篾笼子挑出一个最好的来给它住，配一个最好的雀碗，在插架上放了一个荸荠，安了两根风藤跳棍，整整忙了一半天。第二天起得格外早，把它挂在紫藤架下。正是花开的时候，我想是那全园最好的地方了。一切弄得妥妥当当后，独自还欣赏了好半天，我上学去了。一放学，急急回来，带着书便去看我的鸟。笼子掉在地下，碎了，雀碗里还有半碗水，"我的鸟，我的鸟呐！"父亲正在给碧桃花接枝，听见我的声音，忙走过来，把笼子拿起来看看，说"你挂得太低了，鸟在大伯的玳瑁猫肚子里了。"哇的一声，我哭了。父亲推着我的头回去，一面说"不害羞，这么大人了。"

有一年，园里忽然来了许多夜哇子。这是一种鹭鸶属的鸟，灰白色，据说它们头上那根毛能破天风。所以有那么一种名，大概是因为它的叫声如此吧。故乡古话说这种鸟常带来幸运。我见它们叽叽喳喳做窠了，我去告诉祖母，祖母去看了看，没有说什么话。我想起它们来了，也有一天会像来了一样又去了的。我尽想，从来处来，从去处去，一路走，一路望着祖母的脸。

园里什么花开了，常常是我第一个发现。祖母的佛堂里那个铜瓶里的花常常是我换新。对于这个孝心的报酬是有需掐花供奉时总让我去，父亲一醒来，一股香气透进帐子，知道桂花开了，他常是坐起来，抽支烟，看着花，很深远的想着甚么。冬天，下雪的冬天，一早上，家里谁也还没有起来，我常去园里摘一些冰心蜡梅的朵子，再掺着鲜红的天竺果，用花丝穿成几柄，清水养在白磁碟子里放在妈（我的第一个继母）和二伯母妆台上，再去上学。我穿花时，服侍我的女佣人小莲子，常拿着掸帚在旁边看，她头上也常戴着我的花。

我们那里有这么个风俗，谁拿着掐来的花在街上走，是可以抢的，表姐姐们每带了花回去，必是坐车。她们一来，都得上园里看看，有什么花开的正好，有时竟是特地为花来的。掐花的自然又是我。我乐于干这项差事。爬在海棠树上，梅树上，碧桃树上，丁香树上，听她们在下面说"这枝，唉，这枝这枝，再过来一点，弯过去的，喏，唉，对了对了！"冒一点险，用一点力，总给办到。有时我也贡献一点意见，以为某枝已经盛开，不两天就全落在台布上了，某枝花虽不多，样子却好。有时我陪花跟她们一道回去，路上看见有人看过这些花一眼，心里非常高兴。碰到熟人同学，路上也会分一点给她们。

想起绣球花，必连带想起一双白缎子绣花的小拖鞋，这是一个小姑姑房中东西。那时候我们在一处玩，从来只叫名字，不叫姑姑。只有时写字条时如此称呼，而且写到这两个字时心里颇有种近于滑稽的感觉。我轻轻揭开门帘，她自己若是不在，我便看到这两样东西了。太阳照进来，令人明白感觉到花在吸着水，仿佛自己真分享到吸水的快乐。我可以坐在她常坐的椅子上，随便找

春初新韭　秋末晚菘
汪曾祺散文精选

一本书看看，找一张纸写点什么，或有心无意的画一个枕头花样，把一切再恢复原来样子，不留什么痕迹，又自去了。但她大都能发觉谁来过了。那第二天碰到，必指着手说"还当我不知道呢。你在我绷子上戳了两针，我要拆下重来了！"那自然是吓人的话。那些绣球花，我差不多看见它们一点一点地开，在我看书做事时，它会无声的落两片在花梨木桌上。绣球花可由人工着色。在瓶里加一点颜色，它便会吸到花瓣里。除了大红的之外，别种颜色看上去都极自然。我们常以骗人说是新得的异种。这只是一种游戏，姑姑房里常供的仍是白的。为什么我把花跟拖鞋画在一起呢？真不可解。——姑姑已经嫁了，听说日子极不如意。绣球快开花了，昆明渐渐暖起来。

　　花园里旧有一间花房，由一个花匠管理。那个花匠仿佛姓夏。关于他的机灵促狭，和女人方面的恩怨，有些故事常为旧日佣仆谈起，但我只看到他常来要钱，样子十分狼狈，局局促促，躲避人的眼睛，尤其是说他的故事的人的。花匠离去后，花房也跟着改造园内房屋而拆掉了。那时我认识花名极少，只记得黄昏时，夹竹桃特别红，我忽然又害怕起来，急急走回去。

　　我爱逗弄含羞草。触遍所有叶子，看都合起来了，我自低头看我的书，偷眼瞧它一片片的开张了，再猝然又来一下。他们都说这是不好的，有什么不好呢。

荷花像是清明栽种。我们吃吃螺蛳，抹抹柳球，便可看佃户把马粪倒在几口大缸里盘上藕秧，再盖上河泥。我们在泥里找蚬子，小虾，觉得这些东西搬了这么一次家，是非常奇怪有趣的事。缸里泥晒干了，便加点水，一次又一次，有一天，紫红色的小觜子冒出来了水面，夏天就来了。赞美第一朵花。荷叶上花拉花响了，母亲便把雨伞寻出来，小莲子会给我送去。

大雨忽然来了。一个青色的闪照在槐树上，我赶紧跑到柴草房里去。那是距我所在处最近的房屋。我爬上堆近屋顶的芦柴上，听水从高处流下来，响极了，訇——，空心的老桑树倒了，葡萄架塌了，我的四近越来越黑了，雨点在我头上乱跳。忽然一转身，墙角两个碧绿的东西在发光！哦，那是我常看见的老猫。老猫又生了一群小猫了。原来它每次生养都在这里。我看它们攒着吃奶，听着雨，雨慢慢小了。

那棵龙爪槐是我一个人的。我熟悉它的一切好处，知道哪个枝子适合哪种姿势。云从树叶间过去。壁虎在葡萄上爬。杏子熟了。何首乌的藤爬上石笋了，石笋那么黑。蜘蛛网上一只苍蝇。蜘蛛呢？花天牛半天吃了一片叶子，这叶子有点甜么，那么嫩。金雀花那儿好热闹，多少蜜蜂！波——，金鱼吐出一个泡，破了，下午我们去捞金鱼虫。香橼花蒂的黄色仿佛有点忧郁，别的花是飘下，香橼花是掉下的，花落在草叶上，草稍微低头又弹起。大伯母掐了枝珠兰戴上，回去了。大伯母的女儿，堂姐姐看金鱼，看见了自己。石榴花开，玉兰花开，祖母来了，"莫掐了，回去看看，瓶里是什么？""我下来了，下来扶您。"

槐树种在土山上，坐在树上可看见隔壁佛院。看不见房子，看到的是关着的那两扇门，关在门外的一片田园。门里是什么岁月呢？钟鼓整日敲，那么悠徐，那么单调，门开时，小尼姑来抱一捆草，打两桶水，随即又关上了。水叮叮咚咚地滴回井里。那边有人看我，我忙把书放在眼前。

家里宴客，晚上小方厅和花厅有人吃酒打牌。（我记得有个人吹得极好的笛子。）灯光照到花上，树上，令人极欢喜也十分忧郁。点一个纱灯，从家里到园里，又从园里到家里，我一晚上总不知走了无数趟。有亲戚来去，多是我照路，说哪里高，哪里低，哪里上阶，哪里下坎。若是姑妈舅母，则多是扶着我肩膀走。人影人声都如在梦中。但这样的时候并不多。平日夜晚园子是锁上的。

小时候胆小害怕，黑魆魆的，树影风声，令人却步。而且相信园里有个"白胡子老头子"，一个土地花神，晚上会出来，在那个土山后面，花树下，冉冉的转圈子，见人也不避让。

有一年夏天，我已经像个大人了，天气郁闷，心上另外又有一点小事使我睡不着，半夜到园里去。一进门，我就停住了。我看见一个火星。咳嗽一声，招我前去，原来是我的父亲。他也正因为睡不着觉在园中徘徊。他让我抽一支烟（我刚会抽烟），我搬了一张藤椅坐下，我们一直没有说话。那一次，我感觉我跟父亲靠得近极了。

四月二日。月光清极。夜气大凉。似乎该再写一段作为收尾，但又似无须了。便这样吧，日后再说。逝者如斯。

载一九四五年六月第二卷第三期《文艺》

故乡的食物

炒米和焦屑

　　小时读《板桥家书》:"天寒冰冻时暮,穷亲戚朋友到门,先泡一大碗炒米送手中,佐以酱姜一小碟,最是暖老温贫之具",觉得很亲切。郑板桥是兴化人,我的家乡是高邮,风气相似。这样的感情,是外地人们不易领会的。炒米是各地都有的。但是很多地方都做成了炒米糖。这是很便宜的食品。孩子买了,咯咯地嚼着。四川有"炒米糖开水",车站码头都有得卖,那是泡着吃的。但四川的炒米糖似也是专业的作坊做的,不像我们那里。我们那里也有炒米糖,像别处一样,切成长方形的一块一块。也有搓成圆球的,叫作"欢喜团"。那也是作坊里做的。但通常所说的炒米,是不加糖黏结的,是"散装"的;

而且不是作坊里做出来，是自己家里炒的。

　　说是自己家里炒，其实是请了人来炒的。炒炒米要点手艺，并不是人人都会的。入了冬，大概是过了冬至吧，有人背了一面大筛子，手持长柄的铁铲，大街小巷地走，这就是炒炒米的。有时带一个助手，多半是个半大孩子，是帮他烧火的。请到家里来，管一顿饭，给几个钱，炒一天。或二斗，或半石；像我们家人口多，一次得炒一石糯米。炒炒米都是把一年所需一次炒齐，没有零零碎碎炒的。过了这个季节，再找炒炒米的也找不着。一炒炒米，就让人觉得，快要过年了。

　　装炒米的坛子是固定的，这个坛子就叫"炒米坛子"，不作别的用途。舀炒米的东西也是固定的，一般人家大都是用一个香烟罐头。我的祖母用的是一个"柚子壳"。柚子，——我们那里柚子不多见，从顶上开一洞，把里面的瓤掏出来，再塞上米糠，风干，就成了一个硬壳的钵状的东西。她用这个柚子壳用了一辈子。

　　我父亲有一个很怪的朋友，叫张仲陶。他很有学问，曾教我读过《项羽本纪》。他薄有田产，不治生业，整天在家研究易经，算卦。他算卦用蓍草。全城只有他一个人用蓍草算卦。据说他有几卦算得极灵。有一家丢了一只金戒指，怀疑是女佣偷了。这女佣人蒙了冤枉，来求张先生算一卦。张先生算了，说戒指没有丢，在你们家炒米坛盖子上。一找，果然。我小时就不大相信，算卦怎么能算得这样准，怎么能算得出在炒米坛盖子上呢？不过他的这一卦说明了一件事，即我们那里炒米坛子是几乎家家都有的。

炒米这东西实在说不上有什么好吃。家常预备，不过取其方便。用开水一泡，马上就可以吃。在没有什么东西好吃的时候，泡一碗，可代早晚茶。来了平常的客人，泡一碗，也算是点心。郑板桥说"穷亲戚朋友到门，先泡一大碗炒米送手中"，也是说其省事，比下一碗挂面还要简单。炒米是吃不饱人的。一大碗，其实没有多少东西。我们那里吃泡炒米，一般是抓上一把白糖，如板桥所说"佐以酱姜一小碟"，也有，少。我现在岁数大了，如有人请我吃泡炒米，我倒宁愿来一小碟酱生姜，——最好滴几滴香油，那倒是还有点意思的。另外还有一种吃法，用猪油煎两个嫩荷包蛋——我们那里叫作"蛋瘪子"，抓一把炒米和在一起吃。这种食品是只有"惯宝宝"才能吃得到的。谁家要是老给孩子吃这种东西，街坊就会有议论的。

我们那里还有一种可以急就的食品，叫作"焦屑"。煳锅巴磨成碎末，就是焦屑。我们那里，餐餐吃米饭，顿顿有锅巴。把饭铲出来，锅巴用小火烘焦，起出来，卷成一卷，存着。锅巴是不会坏的，不发馊，不长霉，攒够一定的数量，就用一具小石磨磨碎，放起来。焦屑也像炒米一样，用开水冲冲，就能吃了，焦屑调匀后成糊状，有点像北方的炒面，但比炒面爽口。

我们那里的人家预备炒米和焦屑，除了方便，原来还有一层意思，是应急。在不能正常煮饭时，可以用来充饥。这很有点像古代行军用的"糒"。有一年，记不得是哪一年，总之是我还小，还在上小学，党军（国民革命军）和联军（孙传芳的军队）在我们县境内开了仗，很多人都躲进了红十字会。不知道出于一种什么信念，大家都以为红十字会是哪一方的军队都不能打进去的，进了红十字会就安全了。红十字会设在炼阳观，这是一个道士观。我们一家带了一点行李进了炼阳观。祖母指挥着，特别关照，把一坛炒米和一坛焦屑带了去。我对这种打破常规的生活极感兴趣。晚上，爬到吕祖楼上去，看双方军队枪炮的火光在东北面不知什么地方一阵一阵地亮着，觉得有点紧张，也很好玩。很多人家住在一起，不能煮饭，这一晚上，我们是冲炒米、泡焦屑度过的。没有床铺，我把几个道士诵经用的蒲团拼起来，在上面睡了一夜。这实在是我小时候度过的一个浪漫主义的夜晚。

第二天，没事了，大家就都回家了。

炒米和焦屑和我家乡的贫穷和长期的动乱是有关系的。

端午的鸭蛋

家乡的端午，很多风俗和外地一样。系百索子。五色的丝线拧成小绳，系在手腕上。丝线是掉色的，洗脸时沾了水，手腕上就印得红一道绿一道的。做香角子。丝线缠成小粽子，里头装了香面，一个一个串起来，挂在帐钩上。贴五毒。红纸剪成五毒，贴在门槛上。贴符。这符是城隍庙送来的。城隍庙的老道士还是我的寄名干爹，他每年端午节前就派小道士送符来，还有两把小纸扇。符送来了，就贴在堂屋的门楣上。一尺来长的黄色、蓝色的纸条，上面用朱笔画些莫名其妙的道道，这就能辟邪么？喝雄黄酒。用酒和的雄黄在孩子的额头上画一个王字，这是很多地方都有的。有一个风俗不知别处有不：放黄烟子。黄烟子是大小如北方的麻雷子的炮仗，只是里面灌的不是硝药，而是雄黄。点着后不响，只是冒出一股黄烟，能冒好一会。把点着的黄烟子丢在橱柜下面，说是可以熏五毒。小孩子点了黄烟子，常把它的一头抵在板壁上写虎字。写黄烟虎字笔画不能断，所以我们那里的孩子都会写草书的"一笔虎"。还有一个风俗，是端午节的午饭要吃"十二红"，就是十二道红颜色的菜。十二红里我只记得有炒红苋菜、油爆虾、咸鸭蛋，其余的都记不清，数不出了。也许十二红只是一个名目，不一定真凑足十二样。不过午饭的菜都是红的，这一点是我没有记错的，而且，苋菜、虾、鸭蛋，一定是有的。这三样，在我的家乡，都不贵，多数人家是吃得起的。

我的家乡是水乡。出鸭。高邮大麻鸭是著名的鸭种。鸭多，鸭蛋也多。高邮人也善于腌鸭蛋。高邮咸鸭蛋于是出了名。我在苏南、浙江，每逢有人问起我的籍贯，回答之后，对方就会肃然起敬："哦！你们那里出咸鸭蛋！"上海的卖腌腊的店铺里也卖咸鸭蛋，必用纸条特别标明："高邮咸蛋"。高邮还出双黄鸭蛋。别处鸭蛋也偶有双黄的，但不如高邮的多，可以成批输出。双黄鸭蛋味道其实无特别处。还不就是个鸭蛋！只是切开之后，里面圆圆的两个黄，使人惊奇不已。我对异乡人称道高邮鸭蛋，是不大高兴的，好像我们那穷地方就出鸭蛋似的！不过高邮的咸鸭蛋，确实是好，我走的地方不少，所食鸭蛋多矣，但和我家乡的完全不能相比！曾经沧海难为水，他乡咸鸭蛋，我实在瞧不上。袁枚的《随园食单·小菜单》有"腌蛋"一条。袁子才这个人我不喜欢,他的《食单》好些菜的做法是听来的,他自己并不会做菜。但是"腌蛋"这一条我看后却觉得很亲切,而且"与有荣焉"。文不长,录如下。

> 腌蛋以高邮为佳,颜色细而油多,高文端公最喜食之。席间,先夹取以敬客,放盘中。总宜切开带壳,黄白兼用;不可存黄去白,使味不全,油亦走散。

高邮咸蛋的特点是质细而油多。蛋白柔嫩,不似别处的发干、发粉,入口如嚼石灰。油多尤为别处所不及。鸭蛋的吃法,如袁子才所说,带壳切开,是一种,那是席间待客的办法。平常食用,一般都是敲破"空头"用筷子挖着吃。筷子头一扎下去,吱——红油就冒出来了。高邮咸蛋的黄是通红的。苏北有一道名菜,叫作"朱砂豆腐",就是用高邮鸭蛋黄炒的豆腐。我在北京吃的咸鸭蛋,蛋黄是浅黄色的,这叫什么咸鸭蛋呢!

端午节,我们那里的孩子兴挂"鸭蛋络子"。头一天,就由姑姑或姐姐用彩色丝线打好了络子。端午一早,鸭蛋煮熟了,由孩子自己去挑一个,鸭蛋有什么可挑的呢？有！一要挑淡青壳的。鸭蛋壳有白的和淡青的两种。二要挑形状好看的。别说鸭蛋都是一样的，细看却不同。有的样子蠢，有的秀气。挑好了，装在络子里，挂在大襟的纽扣上。这有什么好看呢？然而它是孩子心爱的饰物。鸭蛋络子挂了多半天，什么时候孩子一高兴，就把络子里的鸭蛋掏出来，吃了。端午的鸭蛋，新腌不久，只有一点淡淡的咸味，白嘴吃也可以。

孩子吃鸭蛋是很小心的。除了敲去空头，不把蛋壳碰破。蛋黄蛋白吃光了，用清水把鸭蛋壳里面洗净，晚上捉了萤火虫来，装在蛋壳里，空头的地方糊一层薄罗。萤火虫在鸭蛋里一闪一闪地亮，好看极了！

小时读囊萤映雪故事，觉得东晋的车胤用练囊盛了几十只萤火虫，照了读书，还不如用鸭蛋壳来装萤火虫。不过用萤火虫照亮来读书，而且一夜读到天亮，这能行吗？车胤读的是手写的卷子，字大，若是读现在的新五号字，大概是不行的。

咸菜慈姑汤

一到下雪天，我们家就喝咸菜汤，不知是什么道理。是因为雪天买不到青菜？那也不见得。除非大雪三日，卖菜的出不了门，否则他们总还会上市卖菜的。这大概只是一种习惯。一早起来，看见飘雪花了，我就知道：今天中午是咸菜汤！

咸菜是青菜腌的。我们那里过去不种白菜，偶有卖的，叫作"黄芽菜"，是外地运去的，很名贵。一盘黄芽菜炒肉丝，是上等菜。平常吃的，都是青菜，青菜似油菜，但高大得多。入秋，腌菜，这时青菜正肥。把青菜成担的买来，洗净，晾去水气，下缸。一层菜，一层盐，码实，即成。随吃随取，可以一直吃到第二年春天。

腌了四五天的新咸菜很好吃，不咸，细、嫩、脆、甜，难可比拟。

咸菜汤是咸菜切碎了煮成的。到了下雪的天气，咸菜已经腌得很咸了，而且已经发酸。咸菜汤的颜色是暗绿的。没有吃惯的人，是不容易引起食欲的。

咸菜汤里有时加了慈姑片，那就是咸菜慈姑汤。或者叫慈姑咸菜汤，都可以。

我小时候对慈姑实在没有好感。这东西有一种苦味。民国二十年，我们家乡闹大水，各种作物减产，只有慈姑却丰收。那一年我吃了很多慈姑，而且是不去慈姑的嘴子的，真难吃。

我十九岁离乡，辗转漂流，三四十年没有吃到慈姑，并不想。

前好几年，春节后数日，我到沈从文老师家去拜年，他留我吃饭，师母张兆和炒了一盘慈姑肉片。沈先生吃了两片慈姑，说："这个好！格比土豆高。"我承认他这话。吃菜讲究"格"的高低，这种语言正是沈老师的语言。他是对什么事物都讲"格"的，包括对于慈姑、土豆。

因为久违，我对慈姑有了感情。前几年，北京的菜市场在春节前后有卖慈姑的。我见到，必要买一点回来加肉炒了。家里人都不怎么爱吃。所有的慈姑，都由我一个人"包圆儿"了。

北方人不识慈姑。我买慈姑，总要有人问我："这是什么？"

"慈姑。"

"慈姑是什么？"

这可不好回答。

北京的慈姑卖得很贵，价钱和"洞子货"（温室所产）的西红柿、野鸡脖韭菜差不多。

我很想喝一碗咸菜慈姑汤。

我想念家乡的雪。

春初新韭 秋末晚菘
汪曾祺散文精选

虎头鲨·昂嗤鱼·砗螯·螺蛳·蚬子

苏州人特重塘鳢鱼。上海人也是，一提起塘鳢鱼，眉飞色舞。塘鳢鱼是什么鱼？我向往之久矣。到苏州，曾想尝尝塘鳢鱼，未能如愿。后来我知道：塘鳢鱼就是虎头鲨，嘻！

塘鳢鱼亦称土步鱼。《随园食单》："杭州以土步鱼为上品，而金陵人贱之，目为虎头蛇，可发一笑。"虎头蛇即虎头鲨。这种鱼样子不好看，而且有点凶恶。浑身紫褐色，有细碎黑斑，头大而多骨，鳍如蝶翅。这种鱼在我们那里也是贱鱼，是不能上席的。苏州人做塘鳢鱼有清炒、椒盐多法。我们家乡通常的吃法是氽汤，加醋、胡椒。虎头鲨氽汤，鱼肉极细嫩，松而不散，汤味极鲜，开胃。

昂嗤鱼的样子也很怪，头扁嘴阔，有点像鲇鱼，无鳞，皮色黄，有浅黑色的不规整的大斑，无背鳍，而背上有一根很硬的尖锐的骨刺。用手捏起这根骨刺，它就发出昂嗤昂嗤小小的声音。这声音是怎么发出来的，我一直没弄明白。这种鱼是由这种声音得名的。它的学名是什么，只有去问鱼类学专家了。这种鱼没有很大的，七八寸长的，就算难得的了。这种鱼也很贱，连乡下人也看不起。我的一个亲戚在农村插队，见到昂嗤鱼，买了一些，农民都笑他："买这种鱼干什么！"昂嗤鱼其实是很好吃的。昂嗤鱼通常也是氽汤。虎头鲨是醋汤，昂嗤鱼不加醋，汤白如牛乳，是所谓"奶汤"。昂嗤鱼也极细嫩，鳃边的两块蒜瓣肉有大拇指大，堪称至味。有一年，北京一家鱼店不知从哪里运来一些昂嗤鱼，无人问津。顾客都不识这是啥鱼。有一位卖鱼的老师傅倒知道："这是昂嗤。"我看到，高兴极了，买了十来条。回家一做，满不是那么一回事！昂嗤要吃活的（虎头鲨也是活杀）。长途转运，又在冷库里冰了一些日子，肉质变硬，鲜味全失，一点意思都没有！

砗螯，我的家乡叫馋螯，砗螯是扬州人的叫法，我在大连见到花蛤，我以为就是砗螯，不是。形状很相似，入口全不同。花蛤肉粗而硬，咬不动。砗螯极柔软细嫩。砗螯好像是淡水里产的，但味道却似海鲜。有点像蛎黄，但比蛎黄味道清爽。比青蛤、蚶子味厚。砗螯可清炒，烧豆腐，或与咸肉同煮。砗螯烧乌青菜（江南人叫塌苦菜），风味绝佳。乌青菜如是经霜而现拔的，尤美。我不食砗螯四十五年矣。

砗螯壳稍呈三角形，质坚，白如细瓷，而有各种颜色的弧形花斑，有浅紫的，有暗红的，有赭石，墨蓝的，很好看。家里买了砗螯，挖出砗螯肉，我们就从一堆砗螯壳里去挑选，挑到好的，洗净了留起来玩。砗螯壳的铰合部有两个突出的尖嘴子，把尖嘴子在糙石上磨磨，不一会儿就磨出两个小圆洞，含在嘴里吹，呜呜地响，且有细细颤音，如风吹窗纸。

螺蛳处处有之。我们家乡清明吃螺蛳，谓可以明目。用五香煮熟螺蛳，分给孩子，一人半碗，由他们自己用竹签挑着吃。孩子吃了螺蛳，用小竹弓把螺蛳壳射到屋顶上，喀拉喀拉地响。夏天"检漏"，瓦匠总要扫下好些螺蛳壳。这种小弓不作别的用处，就叫作螺蛳弓，我在小说《戴车匠》里对螺蛳弓有较详细的描写。

蚬子是我所见过的贝类里最小的了，只有一粒瓜子大。蚬子是剥了壳卖的。剥蚬子的人家附近堆了好多蚬子壳，像一个坟头。蚬子炒韭菜，很下饭。这种东西非常便宜，为小户人家的恩物。

有一年修运河堤。按工程规定，有一段堤面应铺碎石，包工的贪污了款子，在堤面铺了一层蚬子壳。前来检收的委员，坐在汽车里，向外一看，白花花的一片，还抽着雪茄烟，连说："很好！很好！"

我的家乡富水产。鱼中之名贵的是鳊鱼、白鱼（尤重翘嘴白）、鳛花鱼（即鳜鱼），谓之"鳊、白、鳛"。虾有青虾、白虾。蟹极肥。以无特点，故不及。

野鸭·鹌鹑·斑鸠·鹨

过去我们那里野鸭子很多。水乡，野鸭子自然多。秋冬之际，天上有时"过"野鸭子，黑乎乎的一大片，在地上可以听到它们鼓翅的声音，呼呼的，好像刮大风。野鸭子是枪打的（野鸭肉里常常有很细的铁砂子，吃时要小心），但打野鸭子的人自己不进城来卖。卖野鸭子有专门的摊子。有时卖鱼的也卖野鸭子，把一个养活鱼的木盆翻过来，野鸭一对一对地摆在盆底，卖野鸭子是不用秤约的，都是一对一对地卖。野鸭子是有一定分量的。依分量大小，有一定的名称，如"对鸭""八鸭"。哪一种有多大分量，我现在已经记不清了。卖野鸭子都是带毛的。卖野鸭子的可以代客当场去毛，拔野鸭毛是不能用开水烫的。野鸭子皮薄，一烫，皮就破了。干拔，卖野鸭子的把一只鸭子放入一个麻袋里，一手提鸭，一手拔毛，一会就拔净了。——放在麻袋里拔，是防止鸭毛飞散。代客拔毛，不另收费，卖野鸭子的只要那一点鸭毛。——野鸭毛是值钱的。

野鸭的吃法通常是切块红烧。清炖大概也可以吧，我没有吃过。野鸭子肉的特点是："细""酥"，不像家鸭每每肉老。野鸭烧咸菜是我们那里的家常菜。里面的咸菜尤其是佐粥的妙品。

现在我们那里的野鸭子很少了。前几年我回乡一次，偶有，卖得很贵。原因据说是因为县里对各乡水利作了全面综合治理，过去的水荡子、荒滩少了，野鸭子无处栖息。而且，野鸭子过去是吃收割后遗撒在田里的谷粒的，现在收割得很干净，颗粒归仓，野鸭子没有什么可吃的，不来了。

鹌鹑是网捕的。我们那里吃鹌鹑的人家少，因为这东西只有由乡下的亲戚送来，市面上没有卖的。鹌鹑大都是用五香卤了吃。也有用油炸了的。鹌鹑能斗，但我们那里无斗鹌鹑的风气。

我看见过猎人打斑鸠。我在读初中的时候。午饭后，我到学校后面的野地里去玩。野地里有小河，有野蔷薇，有金黄色的茼蒿花，有苍耳（苍耳子有小钩刺，能挂在衣裤上，我们管它叫"万把钩"），有才抽穗的芦荻。在一片树林里，我发现一个猎人。我们那里猎人很少，我从来没有见过猎人，但是我一看见他，就知道：他是一个猎人。这个猎人给我一个非常猛厉的印象。他穿了一身黑，下面却缠了鲜红的绑腿。他很瘦。他的眼睛黑，而冷。他握着枪。他在干什么？树林上面飞过一只斑鸠。他在追逐这只斑鸠。斑鸠分明已经发现猎人了。它想逃脱。斑鸠飞到北面，在树上落一落，猎人一步一步往北走。斑鸠连忙往南面飞，猎人扬头看了一眼，斑鸠落定了，猎人又一步一步往南走，非常冷静。这是一场无声的，然而非常紧张的、坚持的较量。斑鸠来回飞，猎人来回走。我很奇怪，为什么斑鸠不往树林外面飞。这样几个来回，斑鸠慌了神了，它飞得不稳了，歪歪倒倒的，失去了原来均匀的节奏。忽然，砰，——枪声一响，斑鸠应声而落。猎人走过去，拾起斑鸠，看了看，装在猎袋里。他的眼睛很黑，很冷。

我在小说《异秉》里提到王二的熏烧摊子上，春天，卖一种叫作"鵽"的野味，鵽这种东西我在别处没看见过。"鵽"这个字很多人也不认得。多数字典里不收。《辞海》里倒有这个字，标音为 duo（又读 zhua）。zhua 与我乡读音较近，但我们那里是读入声的，这只有用国际音标才标得出来。即使用国际音标标出，在不知道"短促急收藏"的北方人也是读不出来的。《辞海》"鵽"字条下注云："见鵽鸠"，似以为"鵽"即"鵽鸠"。而在"鵽鸠"条下注云："鸟名。雉属。即'沙鸡'。"这就不对了。沙鸡我是见过的，吃过的。内蒙古、张家口多出沙鸡。《尔雅·释鸟》

郭璞注："出北方沙漠地"，不错。北京冬季偶尔也有卖的。沙鸡嘴短而红，腿也短。我们那里的鸂却是水鸟，嘴长，腿也长。鸂的滋味和沙鸡有天渊之别。沙鸡肉较粗，略带酸味；鸂肉极细，非常香。我一辈子没有吃过比鸂更香的野味。

蒌蒿·枸杞·荠菜·马齿苋

　　小说《大淖记事》："春初水暖，沙洲上冒出很多紫红色的芦芽和灰绿色的蒌蒿，很快就是一片翠绿了。"我在书面下方加了一条注："蒌蒿是生于水边的野草，粗如笔管，有节，生狭长的小叶，初生二寸来高，叫作'蒌蒿薹子'，加肉炒食极清香。……"蒌蒿的"蒌"字，我小时不知怎么写，后来偶然看了一本什么书，才知道的。这个字音"吕"。我小学有一个同班同学，姓吕，我们就给他起了个外号，叫"蒌蒿薹子"（蒌蒿薹子家开了一爿糖坊，小学毕业后未升学，我们看见他坐在糖坊里当小老板，觉得很滑稽）。但我查了几本字典，"蒌"都音"楼"，我有点恍惚了。"楼""吕"一声之转。许多从"娄"的字都读"吕"，如"屡""缕""褛"……这本来无所谓，读"楼"读"吕"，关系不大。但字典上都说蒌蒿是蒿之一种，即白蒿，我却有点不以为然了。我小说里写的蒌蒿和蒿其实不相干。读苏东坡《惠崇春江晚景》诗："竹外桃花三两枝，春江水暖鸭先知。蒌蒿满地芦芽短，正是河豚欲上时。"此蒌蒿生于水边，与芦芽为伴，分明是我的家乡人所吃的蒌蒿，非白蒿。或者"即白蒿"的蒌蒿别是一种，未可知矣。深望懂诗、懂植物学，也懂吃的博雅君子有以教我。

我的小说注文中所说的"极清香"，很不具体，嗅觉和味觉是很难比方，无法具体的。昔人以为荔枝味似软枣，实在是风马牛不相及。我所谓"清香"，即食时如坐在河边闻到新涨的春水的气味。这是实话，并非故作玄言。

枸杞到处都有。开花后结长圆形的小浆果，即枸杞子。我们叫它"狗奶子"，形状颇像。本地产的枸杞子没有入药的，大概不如宁夏产的好。枸杞是多年生植物。春天，冒出嫩叶，即枸杞头。枸杞头是容易采到的。偶尔也有近城的乡村的女孩子采了，放在竹篮里叫卖："枸杞头来！……"枸杞头可下油盐炒食；或用开水焯了，切碎，加香油、酱油、醋，凉拌了吃。那滋味，也只能说"极清香"。春天吃枸杞头，云可以清火，如北方人吃苣荬菜一样。

"三月三,荠菜花赛牡丹"。俗谓是日以荠菜花置灶上,则蚂蚁不上锅台。

　　北京也偶有荠菜卖。菜市上卖的是园子里种的,茎白叶大,颜色较野生者浅淡,无香气。农贸市场间有南方的老太太挑了野生的来卖,则又过于细瘦,如一团乱发,制熟后强硬扎嘴。总不如南方野生的有味。

　　江南人惯用荠菜包春卷,包馄饨,甚佳。我们家乡有用来包春卷的,用来包馄饨的没有,——我们家乡没有"菜肉馄饨"。一般是凉拌。荠菜焯熟剁碎,界首茶干切细丁,入虾米,同拌。这道菜是可以上酒席作凉菜的。酒席上的凉拌荠菜都用手持成一座尖塔,临吃推倒。

　　马齿苋现在很少有人吃。古代这是相当重要的菜蔬。苋分人苋、马苋。人苋即今苋菜,马苋即马齿苋。我的祖母每于夏天摘肥嫩的马齿苋晾干,过年时作馅包包子。她是吃长斋的,这种包子只有她一个人吃。我有时从她的盘子里拿一个,蘸了香油吃,挺香。马齿苋有点淡淡的酸味。

　　马齿苋开花,花瓣如一小囊。我们有时捉了一个哑巴知了,——知了是应该会叫的,捉住一个哑巴,多么扫兴!于是就摘了两个马齿苋的花瓣套住它的眼睛,——马齿苋花瓣套知了眼睛正合适,一撒手,这知了就拼命往高处飞，一直飞到看不见！

三年自然灾害，我在张家口沙岭子吃过不少马齿苋。那时候，这是宝物！

载一九八六年第五期《雨花》

香橼·木瓜·佛手

我家的"花园"里实在没有多少花。花园里有一座"土山"。这"土山"不知是怎么形成的，是一座长长的隆起的土丘。"山"上只有一棵龙爪槐，旁枝横出，可以倚卧。我常常带了一块带筋的酱牛肉或一块榨菜，半躺在横枝上看小说，读唐诗。"山"的东麓有两棵碧桃，一红一白，春末开花极繁盛。"山"的正面却种了四棵香橼。我不知道我的祖父在开园堆山时为什么要栽了这样几棵树。这玩意就是"橘逾淮南则为枳"的枳（其实这是不对的，橘与枳自是两种）。这是很结实的树。木质坚硬，树皮紧细光滑。叶片经冬不凋，深绿色。树枝有硬刺。春天开白色的花。花后结圆球形的果，秋后成熟。香橼不能吃，瓤极酸涩，很香，不过香得不好闻。凡花果之属有香气者，总要带点甜味才好，香橼的香气里却带有苦味。香橼很肯结，树上累累的都是深绿色的果子。香橼算是我家的"特产"，可以摘了送人。但似乎不受欢迎。没有什么用处，只好听它自己碧绿地垂在枝头。到了冬天，皮色变黄了，放在盘子里，摆在水仙花旁边，也还有点意思，其时已近春节了。总之，香橼不是什么佳果。

香橼皮晒干，切片，就是中药里的枳壳。

花园里有一棵木瓜，不过不大结。我们所玩的木瓜都是从水果摊上买来的。所谓"玩"，就是放在衣服口袋里，不时取出来，凑在鼻子跟前闻闻。——那得是较小的，没有人在口袋里揣一个茶叶罐大小的木瓜的。木瓜香味很好闻。屋子里放几个木瓜，一屋子随时都是香的，使人心情恬静。

我们那里木瓜是不吃的。这东西那么硬，怎么吃呢？华南切为小薄片，制为蜜饯。——厦门人是什么都可以做蜜饯的，加了很多味道奇怪的药料。昆明水果店将木瓜切为大片，泡在大玻璃缸里。有人要买，随时用筷子夹出两片。很嫩，很脆，很香。泡木瓜的水里不知加了什么，否则这木头一样的瓜怎么会变得如此脆嫩呢？中国人从前是吃木瓜的。《东京梦华录》载"木瓜水"，这大概是一种饮料。

佛手的香味也很好。不过我真不知道一个水果为什么要长得这么奇形怪状！佛手颜色嫩黄可爱。《红楼梦》贾母提到一个蜜蜡佛手，蜜蜡雕为佛手，颜色、质感都近似，设计这件摆设的工匠是个聪明人。蜜蜡不是很珍贵的玉料，但是能够雕成一个佛手那样大的蜜蜡却少见，贾府真是富贵人家。

佛手、木瓜皆可泡酒。佛手酒微有黄色，木瓜酒却是红色的。

橡　栗

橡栗即"狙公赋芧"的芧，不知道为什么我们小时候却叫它"芧栗子"。这是"形近而讹"么？不过我小时候根本不认得这个"芧"字。橡即栎。我们也不认得"栎"字，只是叫它"芧栗子树"。我们那里芧栗子树极少，只有西门外小校场的西边有一棵，很大。到了秋天，芧栗子熟了，落在地下，我们就去捡芧栗子玩。芧栗有什么好玩的？形状挺有趣，有一点像一个小坛子，不过底是尖的。皮色浅黄，很光滑。如此而已。我们有时在它的像个小盖子似的蒂部扎一个小窟窿，插进半截火柴棍，成了一个"捻捻转"。用手一捻，它就在桌面上旋转，像一个小陀螺。如此而已。

小校场是很偏僻的地方,附近没有什么人家。有一回,我和几个女同学去捡茅栗子,天黑下来了,我们忽然有些害怕,就赶紧往城里走。路过一家孤零零的人家门外,门前站着一个岁数不大的人,说:"你们要茅栗子么?我家里有!"我们立刻感到:这是个坏人。我们没有搭理他,只是加快了脚步,拼命地走。我是同学里的唯一的男子汉,便像一个勇士似的走在最后。到了城门口,发现这个坏人没有跟上来,才松了一口气。当时的紧张心情,我过了很多年还记得。

梧　桐

　　一叶落而知天下秋,梧桐是秋的信使。梧桐叶大,易受风。叶柄甚长,叶柄与树枝连接不很结实,好像是粘上去的。风一吹,树叶极易脱落。立秋那天,梧桐树本来好好的,碧绿碧绿,忽然一阵小风,欻的一声,飘下一片叶子,无事的诗人吃了一惊:啊!秋天了!其实只是桐叶易落,并不是对于时序有特别敏感的"物性"。梧桐落叶早,但不是很快就落尽。《唐明皇秋夜梧桐雨》证明秋后梧桐还是有叶子的,否则雨落在光秃秃的枝干上,不会发出使多情的皇帝伤感的声音。据我的印象,梧桐大批地落叶，已是深秋，树叶已干，梧桐籽已熟。往往是一夜大风，第二天起来一看，满地桐叶，树上一片也不剩了。

梧桐籽炒食极香，极酥脆，只是太小了。

我的小学校园中有几棵大梧桐，大风之后，我们就争着捡梧桐叶。我们要的不是叶片，而是叶柄。梧桐叶柄末端稍稍鼓起，如一小马蹄。这个小马蹄纤维很粗，可以磨墨。所谓"磨墨"，其实是在砚台上注了水，用粗纤维的叶柄来回磨蹭，把砚台上干硬的宿墨磨化了，可以写字了而已。不过我们都很喜欢用梧桐叶柄来磨墨，好像这样磨出的墨写出字来特别的好。一到梧桐落叶那几天，我们的书包里都有许多梧桐叶柄，好像这是什么宝贝。对于这样毫不值钱的东西的珍视，是可以不当一回事的么？不啊！这里凝聚着我们对于时序的感情。这是"俺们的秋天"。

一九八八年十一月九日

载一九八九年第一期《散文世界》

我 的 家 乡

　　法国人安妮·居里安女士听说我要到波士顿，特意退了机票，推迟了行期，希望和我见一面。她翻译过我的几篇小说。我们谈了约一个小时，她问了我一些问题。其中一个是，为什么我的小说里总有水？即使没有写到水，也有水的感觉。这个问题我以前没有意识到过。是这样。这是很自然的。我的家乡是一个水乡，我是在水边长大的，耳目之所接，无非是水。水影响了我的性格，也影响了我的作品的风格。

　　我的家乡高邮在京杭大运河的下面。我小时候常常到运河堤上去玩（我的家乡把运河堤叫作"上河堆"或"上河埫"。"埫"字一般字典上没有，可能是家乡人造出来的字，音淌。"堆"当是"堤"的声转）。我读的小学的西面是一片菜园，穿过菜园就是河堤。我的大姑妈（我们那里对姑妈有个很奇怪的叫法，叫"摆摆"，别处我从未听有此叫法）的家，出门西望，就看见爬上河堤的石级。这段河堤有石级，因此地名"御码头"，康熙或乾隆曾在此泊舟登岸（据说御码头夏天没有蚊子）。运河是一条"悬河"，河底比东堤下的地面高，据说河堤和墙垛子一般高，站在河堤上，可以俯瞰堤下街道房屋。我们几个同学，可以指认哪一处的屋顶是谁家的。城外的孩子放风筝，风筝在我们脚下飘。城里人家养鸽子，鸽子飞起来，我们看到的是鸽子的背。几只野鸭子贴水飞向东，过了河堤，下面的人看见野鸭子飞得高高的。

我们看船。运河里有大船。上水的大船多撑篙。弄船的脱光了上身，使劲把篙子梢头顶上肩窝处，在船侧窄窄的舷板上，从船头一步一步走到船尾。然后拖着篙子走回船头，欻的一声把篙子投进水里，扎到河底，又顶着篙子，一步一步向船尾。如是往复不停。大船上用的船篙甚长而极粗，篙头如饭碗大，有锋利的铁尖。使篙的通常是两个人，船左右舷各一个；有时只一个人，在一边。这条船的水程，实际上是他们用脚一步一步走出来的。这种船多是重载，船帮吃水甚低，几乎要漫到船上来。这些撑篙男人都极精壮，浑身作古铜色。他们是不说话的，大都眉棱很高，眉毛很重。因为长年注视着流动的水，故目光清明坚定。这些大船常有一个舵楼，住着船老板的家眷。船老板娘子大都很年轻，一边扳舵，一边敞开怀奶孩子，态度悠然。舵楼大都伸出一支竹竿，晾晒着衣裤，风吹着啪啪作响。

看打鱼。在运河里打鱼的多用鱼鹰。一般都是两条船，一船八只鱼鹰。有时也会有三条、四条，排成阵势。鱼鹰栖在木架上，精神抖擞，如同临战状态。打鱼人把篙子一挥，这些鱼鹰就劈劈啪啪，纷纷跃进水里。只见它们一个猛子扎下去，眨眼工夫，有的就叼了一条鳜鱼上来——鱼鹰似乎专逮鳜鱼。打鱼人解开鱼鹰脖子上的金属的箍（鱼鹰脖子上都有一道箍，否则它就会把逮到的鱼吞下去），把鳜鱼扔进船里，奖给它一条小鱼，它就高高兴兴，心甘情愿地转身又跳进水里去了。有时两只鱼鹰合力抬起一条大鳜鱼上来，鳜鱼还在挣蹦，打鱼人已经一手捞住了。这条鳜鱼够四斤！这真是一个热闹场面。看打鱼的，看鱼鹰的，都很兴奋激动，倒是打鱼人显得十分冷静，不动声色。

远远地听见嘣嘣嘣嘣的响声，那是在修船、造船。嘣嘣的声音是斧头往船板上敲钉。船体是空的，故声音传得很远。待修的船翻扣过来，底朝上。这只船辛苦了很久，它累了，它正在休息。一只新船造好了，油了桐油，过两天就要下水了。看看崭新的船，叫人心里高兴——生活是充满希望的。船场附近照例有打船钉的铁匠炉，丁丁当当。有碾石粉的碾子，石粉是填船缝用的。有卖牛杂碎的摊子。卖牛杂碎的是山东人。这种摊子上还卖锅盔（一种很厚很大的面饼）。

我们有时到西堤去玩。我们那里的人都叫它西湖，湖很大，一眼望不到边，很奇怪，我竟没有在湖上坐过一次船。湖西是还有一些村镇的。我知道一个地名，菱塘桥，想必是个大镇子。我喜欢菱塘桥这个地名，引起我的向往，但我不知道菱塘桥是什么样子。湖东有的村子，到夏天，就把耕牛送到湖西去歇伏。我所住的东大街上，那几天就不断有成队的水牛在大街上慢慢地走过。牛过后，留下很大的一堆一堆牛屎。听说是湖西凉快，而且湖西有菱草，牛吃了会消除劳乏，恢复健壮。我于是想象湖西是一片碧绿碧绿菱草。

湖通常是平静的，透明的。这样一片大水，浩浩渺渺（湖上常常没有一只船），让人觉得有些荒凉，有些寂寞，有些神秘。

黄昏了。湖上的蓝天渐渐变成浅黄，橘黄，又渐渐变成紫色，很深很深的紫色。这种紫色使人深深感动。

我永远忘不了这样的紫色的长天。

闻到一阵阵炊烟的香味，停泊在御码头一带的船上正在烧饭。

一个女人高亮而悠长的声音："二丫头……回来吃晚饭来……"

像我的老师沈从文常爱说的那样，这一切真是一个圣境。

高邮湖也是一个悬湖。湖面，甚至有的地方的湖底，比运河东面的地面都高。

湖是悬湖，河是悬河，我的家乡随处在大水的威胁之中。翻开县志，水灾接连不断。我所经历过的最大的一次水灾，是民国二十年。

这次水灾是全国性的。事前已经有了很多征兆。连降大雨，西湖水位增高，运河水平了漕，坐在河堤上可以"踢水洗脚"。有许多很瘆人的不祥的现象。天王寺前，蛤蟆爬在柳树顶上叫。老人们说：蛤蟆在多高的地方叫，大水就会涨得多高。我们在家里的天井里躺在竹床上乘凉，忽然拨剌一声，从阴沟里蹦出一条大鱼！运河堤上，龙王庙里香烛昼夜不熄。七公殿也是这样。大风雨的黑夜里，人们说是看见"耿庙神灯"了。耿七公是有这个人的，生前为人治病施药，风雨之夜，他就在家门前高旗杆上挂起一串红灯，在黑暗的湖里打转的船，奋力向红灯划去，就能平安到岸。他死后，红灯还常在浓云密雨中出现，这就是耿庙神灯——"秦邮八景"中的一景。耿七公是渔民和船民的保护神，渔民称之为七公老爷，渔民每年要做会，谓之七公会。神灯是美丽的，但同时也给人一种神秘的恐怖感。阴历七月，西风大作。店铺都预备了高挑灯笼——长竹柄，一头用火烤弯如钩状，上悬一个灯笼，轮流值夜巡堤。告警锣声不绝。本来平静的水变得暴怒了。一个浪头翻上来，会把东堤石工的丈把长的青石掀起来。看来堤是保不住了。终于，我记得是七月十三（可能记错），倒了口子。我们那里把决堤叫作倒口子。西堤四处，东堤六处。湖水涌入运河，运河水直灌堤东。顷刻之间，高邮成为泽国。

我们家住进了竺家巷一个茶馆的楼上（同时搬到茶馆楼上的还有几家），巷口外的东大街成了一条河，"河"里翻滚着箱箱柜柜，死猪死牛。"河"里行了船。会水的船家各处去救人（很多人家爬在屋顶上、树上）。

约一星期后，水退了。

水退了，很多人家的墙壁上留下了水印，高及屋檐。很奇怪，水印怎么擦洗也擦洗不掉。全县粮食几乎颗粒无收。我们这样的人家还不至挨饿，但是没有菜吃。老是吃慈姑汤，很难吃。比慈姑汤还要难吃的是芋头梗子做的汤。日本人爱喝芋梗汤，我觉得真不可理解。大水之后，百物皆一时生长不出，唯有慈姑芋头却是丰收！我在小学的教务处地上发现几个特大的蚂蟥，缩成一团，有拳头大，踩也踩不破！

我小时候，从早到晚，一天没有看见河水的日子，几乎没有。我上小学，倘不走东大街而走后街，是沿河走的。上初中，如果不从城里走，走东门外，则是沿着护城河。出我家所在的巷子南头，是越塘。出巷北，往东不远，就是大淖。我在小说《异秉》中所写的老朱，每天要到大淖去挑水，我就跟着他一起去玩。老朱真是个忠心耿耿的人，我很敬重他。他下水把水桶弄满（他两腿都是筋疙瘩——静脉曲张），我就拣选平薄的瓦片打水漂。我到一沟、二沟、三垛，都是坐船。到我的小说《受戒》所写的庵赵庄去，也是坐船。我第一次离家乡去外地读高中，也是坐船——轮船。

水乡极富水产。鱼之类，乡人所重者为鳊、白、鯚（鯚花鱼即鳜鱼）。虾有青白两种。青虾宜炒虾仁，呛虾（活虾酒醉生吃）则用白虾。小鱼小虾，比青菜便宜，是小户人家佐餐的恩物。小鱼有名"罗汉狗子""猫杀子"者，很好吃。高邮湖蟹甚佳，以作醉蟹，尤美。高邮的大麻鸭是名种。我们那里八月中秋兴吃鸭，馈送节礼必有公母鸭成对。大麻鸭很能生蛋。腌制后即为著名的高邮咸蛋。高邮鸭蛋双黄者甚多。江浙一带人见面问起我的籍贯，答云高邮，多肃然起敬，曰："你们那里出咸鸭蛋。"好像我们那里就只出咸鸭蛋似的！

我的家乡不只出咸鸭蛋。我们还出过秦少游，出过散曲作家王磐，出过经学大师王念孙、王引之父子。

县里的名胜古迹最出名的是文游台。这是秦少游、苏东坡、孙莘老、王定国文酒游会之所。台基在东山（一座土山）上，登台四望，眼界空阔。我小时常凭栏看西面运河的船帆露着半截。在密密的杨柳梢头后面，缓缓移过，觉得非常美。有一座镇国寺塔，是个唐塔，方形。这座塔原在陆上，运河拓宽后，为了保存这座塔，留下塔的周围的土地，成了运河当中的一个小岛。镇国寺我小时还去玩过，是个不大的寺。寺门外有一堵紫色的石制的照壁，这堵照壁向前倾斜，却不倒。照壁上刻着海水，故名水照壁。寺内还有一尊肉身菩萨的坐像，是一个和尚坐化后漆成的。寺不知毁于何时。另外还有一座净土寺塔，明代修建。我们小时候记不住什么镇国寺、净土寺，因其一在西门，名之为西门宝塔；一在东门，便叫它东门宝塔。老百姓都是这么叫的。

全国以邮字为地名的，似只高邮一县。为什么叫作高邮？因为秦始皇曾在高处建邮亭。高邮是秦王子婴的封地，至今还有一条河叫子婴河，旧有子婴庙，今不存。高邮为秦代始建，故又名秦邮。外地人或以为这跟秦少游有什么关系，没有。

一九九一年六月二十日

载一九九一年第十期《作家》

沽　源

　　沙岭子农业科学研究所派我到沽源的马铃薯研究站去画马铃薯图谱。我从张家口一清早坐上长途汽车，近晌午时到沽源县城。

　　沽源原是一个军台。军台是清代在新疆和蒙古西北两路专为传递军报和文书而设置的邮驿。官员犯了罪，就会被皇上命令"发往军台效力"。我对清代官制不熟悉，不知道什么品级的官员，犯了什么样的罪名，就会受到这种处分，但总是很严厉的处分，和一般的贬谪不同。然而据龚定庵说，发往军台效力的官员并不到任，只是住在张家口，花钱雇人去代为效力。我这回来，是来画画的，不是来看驿站送情报的，但也可以说是"效力"来了，我后来在带来的一本《梦溪笔谈》的扉页上画了一方图章："效力军台"，这只是跟自己开开玩笑而已，并无很深的感触。我戴了右派分子的帽子，只身到塞外——这地方在外长城北侧，可真正是"塞外"了——来画山药（这一带人都把马铃薯叫作"山药"），想想也怪有意思。

沽源在清代一度曾叫"独石口厅"。龚定庵说他"北行不过独石口"，在他看来，这是很北的地方了。这地方冬天很冷。经常到口外揽工的人说："冷不过独石口。"据说去年下了一场大雪，西门外的积雪和城墙一般高。我看了看城墙，这城墙也实在太矮了点，像我这样的个子，一伸手就能摸到城墙顶了。不过话说回来，一人多高的雪，真够大的。

这城真够小的。城里只有一条大街。从南门慢慢地遛达着，不到十分钟就出北门了。北门外一边是一片草地，有人在套马；一边是一个水塘，有一群野鸭子自自在在地浮游。城门口游着野鸭子，城中安静可知。城里大街两侧隔不远种一棵树——杨树，都用土墼围了高高的一圈，为的是怕牛羊啃吃，也为了遮风，但都极瘦弱，不一定能活。在一处墙角竟发现了几丛波斯菊，这使我大为惊异了。波斯菊昆明是很常见的。每到夏秋之际，总是开出很多浅紫色的花。波斯菊花瓣单薄，叶细碎如小茴香，茎细长，微风吹拂，姗姗可爱。我原以为这种花只宜在土肥雨足的昆明生长，没想到它在这少雨多风的绝塞孤城也活下来了。当然，花小了，更单薄了，叶子稀疏了，它，伶仃萧瑟了。虽则是伶仃萧瑟，它还是竭力地放出浅紫浅紫的花来，为这座绝塞孤城增加了一分颜色，一点生气。谢谢你，波斯菊！

我坐了牛车到研究站去。人说世间"三大慢"：等人、钓鱼、坐牛车。这种车实在太原始了，车轱辘是两个木头饼子，本地人就叫它"二饼子车"。真叫一个慢。好在我没有什么急事，就躺着看看蓝天；看看平如案板一样的大地——这真是"大地"，大得无边无沿。

我在这里的日子真是逍遥自在之极。既不开会，也不学习，也没人领导我。就我自己，每天一早蹚着露水，掐两丛马铃薯的花，两把叶子，插在玻璃杯里，对着它一笔一笔地画。上午画花，下午画叶子——花到下午就蔫了。到马铃薯陆续成熟时，就画薯块，画完了，就把薯块放到牛粪火里烤熟了，吃掉。我大概吃过几十种不同样的马铃薯。据我的品评，以"男爵"为最大，大的一个可达两斤；以"紫土豆"味道最佳，皮色深紫，薯肉黄如蒸栗，味道也似蒸栗；有一种马铃薯可当水果生吃，很甜，只是太小，比一个鸡蛋大不了多少。

沽源盛产莜麦。那一年在这里开全国性的马铃薯学术讨论会，与会专家提出吃一次莜面。研究站从一个叫"四家子"的地方买来坝上最好的莜面，比白面还细，还白；请来几位出名的做莜面的媳妇来做。做出了十几种花样，除了"搓窝窝""搓鱼鱼""猫耳朵"，还有最常见的"压饸饹"，其余的我都叫不出名堂。蘸莜面的汤汁也极精彩，羊肉口蘑渖（这个字我始终不知道怎么写）子。这一顿莜面吃得我终生难忘。

夜雨初晴，草原发亮，空气闷闷的，这是出蘑菇的时候。我们去采蘑菇。一两个小时，可以采一网兜。回来，用线穿好，晾在房檐下。蘑菇采得，马上就得晾，否则极易生蛆。口蘑干了才有香味，鲜口蘑并不好吃，不知是什么道理。我曾经采到一个白蘑。一般蘑菇都是"黑片蘑"，菌盖是白的，菌摺是紫黑色的。白蘑则菌盖菌摺都是雪白的，是很珍贵的，不易遇到。年底探亲，我把这只亲手采的白蘑带到北京，一个白蘑做了一碗汤，孩子们喝了，都说比鸡汤还鲜。

一天，一个干部骑马来办事，他把马拴在办公室前的柱子上。我走过去看看这匹马，是一匹枣红马，膘头很好，鞍鞯很整齐。我忽然意动，把马解下来，跨了上去。本想走一小圈就下来，没想到这平平的细沙地上骑马是那样舒服，于是一抖缰绳，让马快跑起来。这马很稳，我原来难免的一点畏怯消失了，只觉得非常痛快。我十几岁时在昆明骑过马，不想人到中年，忽然作此豪举，是可一记。这以后，我再也没有骑过马。

有一次，我一个人走出去，走得很远，忽然变天了，天一下子黑了下来，云头在天上翻滚，堆着，挤着，绞着，拧着。闪电熠熠，不时把云层照透。雷声轰隆，接连不断，声音不大，不是霹雷，但是浑厚沉雄，威力无边。我仰天看看凶恶奇怪的云头，觉得这真是天神发怒了。我感觉到一种从未体验过的恐惧。我一个人站在广漠无垠的大草原上，觉得自己非常的小，小得只有一点。

我快步往回走。刚到研究站，大雨下来了，还夹有雹子。雨住了，却又是一个很蓝很蓝的天，阳光灿烂。草原的天气，真是变化莫测。

天凉了，我没有带换季的衣裳，就离开了沽源。剩下一些没有来得及画的薯块，是带回沙岭子完成的。

我这辈子大概不会再有机会到沽源去了。

载一九九〇年一月十日《济南日报》

沙 岭 子

　　我曾在沙岭子农业科学研究所下放劳动过四个年头——一九五八年至一九六一年。

　　沙岭子是京包线宣化至张家口之间的一个小站。从北京乘夜车，到沙岭子，天刚刚亮。从车上下来十多个旅客，四散走开了。空气是青色的。下车看看，有点凄凉。我以后请假回北京，再返沙岭子，每次都是乘的这趟车，每次下车，都有凄凉之感。

　　这是一个极其普通的小车站。四年中，我看到它无数次了，它总是那样。四年不见一点变化。照例是涂成浅黄色的墙壁，灰色板瓦盖顶，冷清清的。

　　靠站的客车一天只有几趟。过境的货车比较多。往南去的常见的是大兴安岭下来的红松。其次是牲口，马、牛，大概来自坝上或内蒙古草原。这些牛马站在敞顶的车厢里，样子很温顺。往北去的常有现代化的机器，装在高大的木箱里，矗立着。有时有汽车，都是崭新的。小汽车的车头爬在前面小车的后座上，一辆搭着一辆，像一串甲虫。

运往沙岭子到站的货物不多。有时甩下一节车皮，装的是铁矿砂。附近有一个铁厂。铁矿砂堆在月台上。矿砂运走了，月台被染成了紫红色；有时卸一车石灰，月台就被染得雪白的。紫颜色、白颜色，被人们的鞋底带走了，过不几天，月台又恢复了原先的浅灰的水泥颜色。

从沙岭子起运的，只有石头。东边有一个采石场——当地叫作"片石山"，每天十一点半钟放炮崩山。山已经被削去一半了。

农科所原来的房子很好，疏疏朗朗，布置井然。迎面是一排青砖的办公室，整整齐齐。办公室后是一个空场。对面是种子仓库，房梁上挂了很多整株的作物良种。更后是食堂，再后是猪舍。东面是职工宿舍，有两间大的是单身合同工住的，每间可容三十人。我就在东边一间的一张木床上睡了将近三年，直到摘了右派帽子，结束劳动后，才搬到干部宿舍里，和一个姓陈的青年技术员合住一间。种子仓库西边有一条土路，略高出于地面。

路之西，有一排矮矮的圆锥形的谷仓，状如蘑菇，工人们就叫它为"蘑菇仓库"，是装牲口饲料玉米豆的。蘑菇仓库以西，是马号。更西，是菜园、温室。农科所的概貌尽于此。此外，所里还有一片稻田，在沙岭子堡（镇）以南；有一片果园，在车站南。

头两年参加劳动，扎扎实实地劳动。大部分农活我差不多都干过。除了一些全所工人一齐出动的集中的突击性的活，如插秧、锄地、割稻子之外，我相对固定在果园干活。干得最多的是喷波尔多液。硫酸铜加石灰兑水，这就是波尔多液。果园一年不知道要喷多少次波尔多液，这是果树防病所必需的。梨树、苹果要喷，葡萄更是十天八天就得喷一回。果园有一本工作日记似的本本，记录每天干的活，翻开到处是"葡萄喷波尔多液"。这日记是由果园组组长填写的。不知道什么道理，这里的干部工人都把葡萄写成"芍芍"。两个字一样，为什么会读出两个字音呢？因为我喷波尔多液喷得细致，到后来这活都交给了我。波尔多液是天蓝色的，很漂亮。因为喷波尔多液的次数太多，我的几件白衬衫都变成浅蓝的了。

结束劳动后暂时无法分配工作，我就留在所里打杂，主要是画画。我曾参加过张家口地区农业展览会的美术工作，在画布或三合板上用水粉画白菜、萝卜、大葱、大蒜、短角牛、张北马。布置过一个超声波展览馆——那年不知怎么兴起了超声波，很多单位都试验这东西，好像这是一种增产的魔术。超声波怎么表现呢？这东西又看不见。我于是画了许多动物、植物、水产，农林牧副渔，什么都有，而在所有的画面上一律加了很多同心圆，表示这是超声波的振幅！我画过一套颇有学术价值的画册：《中国马铃薯图谱》。沽源有个马铃薯研究站，集中了全国各地的，各种品种的马铃薯。研究站归沙岭子农科所领导。领导研究，要出版一套图谱，绘图的任务交给了我。在马铃薯花盛开的时候，我坐上二饼子牛车到了沽源研究站。每天中蹚着露水到地里掐一把花，几枝叶子，拿回办公室，插在玻璃杯里，照着画。我的工作实在是舒服透顶，不开会，不学习，没人管，自由自在，也没有指标定额，画多少算多少。画起来是不费事的。马铃薯的花大小只有颜色的区别，花形都一样；叶片也都差不多，有的尖一点，有的圆一点。花和叶子画完，画薯块。一个整个的马铃薯，一个剖面。画完一种薯块，我就把它放进牛粪火里烤熟了，吃掉。这里的马铃薯不下七八十种，每一种我都尝过。中国吃过那么多种马铃薯的人，大概不多。天冷了，马铃薯块还没有画完，有一部分是运到沙岭子画的。还是那样的舒服。一个人一间屋子，升一个炉子，画一块，在炉子上烤烤，吃掉。我还画过一套口蘑图谱，钢笔画。口蘑都是灰白色，不需要着色。

我就这样在沙岭子度过了四个年头。

一九八三年，我应张家口市文联之邀，去给当地青年作家讲过一次课。市文联的两个同志是曾和我同时下放沙岭子农科所劳动过的，他们为我安排的活动，自然会有一项：到沙岭子看看。吉普车开到农科所门前，下车看看，可以说是面目全非。盖了一座办公楼，是灰绿色的。我没有进去，但是觉得在里面办公是不舒服的，不如原先的平房宽敞豁亮。楼上下来一个人，是老王，我们过去天天见。老王见我们很亲热。他模样未变，但是苍老了。他说起这些年的人事变化，谁得了癌症；谁受了刺激，变得糊涂了；谁病死了；谁在西边一棵树上上了吊，死了。说不清是什么原因。他说起所里"文化大革命"的一些情况，说起我画的那套马铃薯图谱在"文化大革命"中毁了，很可惜。我在的时候，他是大学刚刚毕业，现在大概是室主任了。那时他还没有结婚，现在女儿已经上大学了。真是"昔别君未婚，儿女忽成行"。他原来是个很精神的小伙子，现在说话却颇有不胜沧桑之感。

老王领我们到后面去看看。原来的格局已经看不出多少痕迹。种子仓库没有了，蘑菇仓库没有了。新建了一些红砖的房屋，横七竖八。我们走到最后一排，是木匠房。一个木匠在干活，是小王！我住在工人集体宿舍的时候，小王的床挨着我的床。我在的时候，所里刚调他去学木匠，现在他已经是四级工，带两个徒弟了。小王已经有两个孩子。他说起他结婚的时候，碗筷还是我给他买的，锁门的锁也是我给他买的，这把锁他现在还在用着。这些，我可一点不记得了。

我们到果园看了看。果园可是大变样了。原来是很漂亮的，葱葱茏茏，蓬蓬勃勃。那么多的梨树。那么多的苹果。尤其是葡萄，一行一行，一架一架，整整齐齐，真是蔚为大观。葡萄有很多别处少见的名贵品种：白香蕉、柔丁香、秋紫、金铃、大粒白、白拿破仑、黑罕、巴勒斯坦……现在，全都不见了。果园给我的感觉，是荒凉。我知道果树老了，需要更新，但何至于砍伐成这样呢？有一些新种的葡萄，才一人高，挂了不多的果。

遇到一个熟人，在给葡萄浇水。我想不起他的名字了。他原来是猪倌，后来专管"下夜"，即夜间在所内各处巡看。这是个窝窝囊囊的人，好像总没有睡醒，说话含糊不清，而且他不爱洗脸。他的老婆跟他可大不一样，身材颀长挺拔，而且出奇的结实，我们背后叫她阿克西尼亚。老婆对他"死不待见"。有一天，我跟他一同下夜，他走到自己家门口，跟我说："老汪，你看着点，㑑去闹渠一槌。"他是柴沟堡人。那里人说话很奇怪，保留了一些古音。"㑑"即我（像客家话），"渠"即她（像广东话）。"闹渠一槌"是搞她一次。他进了屋，老婆先是不答应，直骂娘。后来没有声音了。待了一会儿，他出来了，继续下夜。我见了他，不禁想起那回事，问老王："他老婆还是不待见他吗？"老王说："他们已经有了两个孩子了。"我很想见见阿克西尼亚，不知她现在是什么样子。

去看看稻田。

稻田挨着洋河。洋河相当宽，但是常常没有水，露出河底的大块卵石。水大的时候可以齐腰。不能行船，也无须架桥。两岸来往，都是徒涉。河南人过来，到河边，就脱了裤子，顶在头上，一步一步蹚着水。因此当地人揶揄之道："河南汉，咯吱咯吱两颗蛋。"

河南地薄而多山。天晴时，在稻田场上可以看到河南的大山，山是干山，无草木，山势险峻，皱皱褶褶，当地人说："像羊肚子似的。"形容得很贴切。

稻田倒还是那样。地块、田埂、水渠、渠上的小石桥、地边的柳树、柳树下一间土屋，土屋里有供烧开水用的锅灶，全都没有变。二十多年了，好像昨天我们还在这里插过秧，割过稻子。

稻田离所里比较远。到稻田干活，一般中午就不回所里吃饭了，由食堂送来。都是蒸莜面饸饹，疙瘩白熬山药，或是一人一块咸菜。我们就攥着饸饹狼吞虎咽起来。稻田里有很多青蛙。有一个同我们一起下放的同志，是浙江人。他捉了好些青蛙，撕了皮，烧一堆稻草火，烤田鸡吃。这地方的人是不吃田鸡的，有几个孩子问："这东西好吃？"他们尝了一个："好吃好吃！"于是七手八脚捉了好多，大家都来烤田鸡，不知是谁，从土屋里翻出一碗盐，烤田鸡蘸盐水，就莜面，真是美味。吃完了，各在柳荫下找个地方躺下，不大一会，都睡着了。

在水渠上看见渠对面走来两个女的，是张素花和刘美兰。我过去在果园经常跟她们一起干活。我大声叫她们的名字。刘美兰手搭凉棚望了一眼，问："是不是老汪？"

"就是！"

"你咋会来了？"

"来看看。"

"一下来家吃饭。"

"不了，我要回张家口，下午有个会。"

"没事儿来！"

"来！——你和你丈夫还打架吗？"

刘美兰和丈夫感情不好，丈夫常打她，有一次把她的小手指都打弯了。

"偃都当了奶奶了！"

刘美兰和张素花不知道说了什么，两个人嘻嘻笑着，走远了。

重回沙岭子，我似乎有些感触，又似乎没有。这不是我所记忆、我所怀念的沙岭子，也不是我所希望的沙岭子。然而我所希望的沙岭子又应是什么样子的呢？我也说不出。我只是觉得这一代的人都糊里糊涂地老了。是可悲也。

载一九九〇年第三期《作家》

随遇而安

我当了一回右派，真是三生有幸。要不然我这一生就更加平淡了。

我不是一九五七年打成右派的，是一九五八年"补课"补上的，因为本系统指标不够。划右派还要有"指标"，这也有点奇怪。这指标不知是一个什么人所规定的。

一九五七年我曾经因为一些言论而受到批判，那是作为思想问题来批判的。在小范围内开了几次会，发言都比较温和，有的甚至可以说很亲切。事后我还是照样编刊物，主持编辑部的日常工作，还随单位的领导和几个同志到河南林县调查过一次民歌。那次出差，给我买了一张软席卧铺车票，我才知道我已经享受"高干"待遇了。第一次坐软卧，心里很不安。我们在洛阳吃了黄河鲤鱼，随即到林县的红旗渠看了两三天。凿通了太行山，把漳河水引到河南来，水在山腰的石渠中活活地流着，很叫人感动。收集了不少民歌。有的民歌很有农民式的浪漫主义的想象，如想到将来渠里可以有"水猪""水羊"，想到将来少男少女都会长得很漂亮。上了一次中岳嵩山。这里运载石料的交通工具主要是用人力拉的排子车，特别处是在车上装了一面帆，布帆受风，拉起来轻快得多。帆本是船上用的，这里却施之陆行的板车上，给我十分新鲜的印象。我们去的时候正是桐花盛开的季节，漫山遍野摇曳着淡紫色的繁花，如同梦境。从林县出来，有一条小河。河的一面是峭壁，一面是平野，岸边密植杨柳，河水清澈，沁人心脾。我好像曾经见过这条河，以后还会看到这样的河。这次旅行很愉快，我和同志们也相处得很融洽，没有一点隔阂，一点别扭。这次批判没有使我觉得受了伤害，没有留下阴影。

一九五八年夏天，一天（我这人很糊涂，不记日记，许多事都记不准时间），我照常去上班，一上楼梯，过道里贴满了围攻我的大字报。要拔掉编辑部的"白旗"，措辞很激烈，已经出现"右派"字样。我顿时傻了。运动，都是这样：突然袭击。其实背后已经策划了一些日子，开了几次会，作了充分的准备，只是本人还蒙在鼓里，什么也不知道。这可以说是暗算。但愿这种暗算以后少来，这实在是很伤人的。如果当时量一量血压，一定会猛然增高。我是有实际数据的。"文化大革命"中我一天早上看到一批侮辱性的大字报，到医务所量了量血压，低压110，高压170。平常我的血压是相当平稳正常的，90～130。我觉得卫生部应该发一个文件：为了保障人民的健康，不要再搞突然袭击式的政治运动。

开了不知多少次批判会。所有的同志都发了言。不发言是不行的。我规规矩矩地听着，记录下这些发言。这些发言我已经完全都忘了，便是当时也没有记住，因为我觉得这好像不是说的我，是说的另外一个别的人，或者是一个根本不存在的、假设的、虚空的对象。有两个发言我还留下印象。我为一组义和团故事写过一篇读后感，题目是《仇恨·轻蔑·自豪》。这位同志说："你对谁仇恨？轻蔑谁？自豪什么？"我发表过一组极短的诗，其中有一首《早春》，原文如下。

（新绿是朦胧的，飘浮在树梢，完全不像是叶子……）
远树绿色的呼吸。

批判的同志说：连呼吸都是绿的了，你把我们的社会主义社会污蔑到了什么程度？！听到这样的批判，我只有停笔不记，愣在那里。我想辩解两句，行吗？当时我想：鲁迅曾说费厄泼赖应该缓行，现在本来应该到了可行的时候，但还是不行。中国大概永远没有费厄的时候。所谓"大辩论"，其实是"大辩认"，他辩你认。稍微辩解，便是"态度问题"。态度好，问题可以减轻；态度不好，加重。问题是问题，态度是态度，问题大小是客观存在，怎么能因为态度如何而膨大或收缩呢？许多错案都是因为本人为了态度好而屈认，而造成的。假如再有运动（阿弥陀佛，但愿真的不再有了），对实事求是、据理力争的同志应予表扬。

开了多次会，批判的同志实在没有多少可说的了。那两位批判"仇恨·轻蔑·自豪"和"绿色的呼吸"的同志当然也知道这样的批判是不能成立的。批判"绿色的呼吸"的同志本人是诗人，他当然知道诗是不能这样引申解释的。他们也是没话找话说，不得已。我因此觉得开批判会对被批判者是过关，对批判者也是过关。他们也并不好受。因此，我当时就对他们没有怨恨，甚至还有点同情。我们以前是朋友，以后的关系也不错。我记下这两个例子，只是说明批判是一出荒诞戏剧，如莎士比亚说，所有的上场的人都只是角色。

我在一篇写右派的小说里写过："写了无数次检查，听了无数次批判，……她不再觉得痛苦，只是非常的疲倦。她想：定一个什么罪名，给一个什么处分都行，只求快一点，快一点过去，不要再开会，不要再写检查。"这是我的亲身体会。其实，问题只是那一些，只要写一次检查，开一次会，甚至一次会不开，就可以定案。但是不，非得开够了"数"不可。原来运动是一种疲劳战术，非得把人搞得极度疲劳，身心交瘁，丧失一切意志，瘫软在地上不可。我写了多次检查，一次比一次更没有内容，更不深刻，但是我知道，就要收场了，因为大家都累了。

结论下来了：定为一般右派，下放农村劳动。

我当时的心情是很复杂的。我在那篇写右派的小说里写道："……她带着一种奇怪的微笑。"我那天回到家里，见到爱人说，"定成右派了"，脸上就是带着这种奇怪的微笑的。我也不知道我为什么要笑。

我想起金圣叹。金圣叹在临刑前给人写信，说："杀头，至痛也，而圣叹于无意中得之，亦奇。"有人说这不可靠。金圣叹给儿子的信中说："字谕大儿知悉，花生米与豆腐干同嚼，有火腿滋味。"有人说这更不可靠。我以前也不大相信，临刑之前，怎能开这种玩笑？现在，我相信这是真实的。人到极其无可奈何的时候，往往会生出这种比悲号更为沉痛的滑稽感，鲁迅说金圣叹"化屠夫的凶残为一笑"，鲁迅没有被杀过头，也没有当过右派，他没有这种体验。

另一方面，我又是真心实意地认为我是犯了错误，是有罪的，是需要改造的。我下放劳动的地点是张家口沙岭子。离家前我爱人单位正在搞军事化，受军事训练，她不能请假回来送我。我留了一个条子："等我五年，等我改造好了回来。"就背起行李，上了火车。

右派的遭遇各不相同，有幸有不幸。我这个右派算是很幸运的，没有受多少罪，我下放的单位是一个地区性的农业科学研究所。所里有不少技师、技术员，所领导对知识分子是了解的，只是在干部和农业工人的组长一级介绍了我们的情况（和我同时下放到这里的还有另外几个人），并没有在全体职工面前宣布我们的问题。不少农业工人（也就是农民）不知道我们是来干什么的，只说是毛主席叫我们下来锻炼锻炼的。因此，我们并未受到歧视。

初干农活，当然很累。像起猪圈、刨冻粪这样的重活，真够一呛。我这才知道"劳动是沉重的负担"这句话的意义。但还是咬着牙挺过来了。我当时想：只要我下一步不倒下来，死掉，我就得拼命地干。大部分的农活我都干过，力气也增长了，能够扛一百七十斤重的一麻袋粮食稳稳地走上和地面成四十五度角那样陡的高跳。后来相对固定在果园上班。果园的活比较轻松，也比"大田"有意思。最常干的活是给果树喷波尔多液。硫酸铜加石灰，兑上适量的水，便是波尔多液，颜色浅蓝如晴空，很好看。喷波尔多液是为了防治果树病害，是常年要喷的。喷波尔多液是个细致活。不能喷得太少，太少了不起作用；不能太多，太多了果树叶子挂不住，流了。叶面、叶背都得喷到。许多工人没这个耐心，于是喷波尔多液的工作大部分落在我的头上，我成了喷波尔多液的能手。喷波尔多液次数多了，我的几件白衬衫都变成了浅蓝色。

我们和农业工人干活在一起，吃住在一起。晚上被窝挨着被窝睡在一铺大炕上。农业工人在枕头上和我说了一些心里话，没有顾忌。我这才比较切近地观察了农民，比较知道中国的农村，中国的农民是怎么一回事。这对我确立以后的生活态度和写作态度是很有好处的。

我们在下面也有文娱活动。这里兴唱山西梆子（中路梆子），工人里不少都会唱两句。我去给他们化妆。原来唱旦角的都是用粉妆，——鹅蛋粉、胭脂、黑锅烟子描眉。我改成用戏剧油彩，这比粉妆要漂亮得多。我勾的脸谱比张家口专业剧团的"黑"（山西梆子谓花脸为

"黑")还要干净讲究。遇春节,沙岭子堡(镇)闹社火,几个年轻的女工要去跑旱船,我用油底浅妆把她们一个个打扮得如花似玉,轰动一堡,几个女工高兴得不得了。我们和几个职工还合演过戏,我记得演过的有小歌剧《三月三》、崔嵬的独幕话剧《十六条枪》。一年除夕,在"堡"里演话剧,海报上特别标出一行字:

台上有布景

这里的老乡还没有见过个布景。这布景是我们指导着一个木工做的。演完戏,我还要赶火车回北京。我连妆都没卸干净,就上了车。

一九五九年底给我们几个人作鉴定,参加的有工人组长和部分干部。工人组长一致认为:老汪干活不藏奸,和群众关系好,"人性"不错,可以摘掉右派帽子。所领导考虑,才下来一年,太快了,再等一年吧。这样,我就在一九六〇年在交了一个思想总结后,经所领导宣布:摘掉右派帽子,结束劳动。暂时无接受单位,在本所协助工作。

我的"工作"主要是画画。我参加过地区农展会的美术工作(我用多种土农药在展览牌上粘贴出一幅很大的松鹤图，色调古雅，这里的美术中专的一位教员曾特别带着学生来观摩）；我在所里布置过"超声波展览馆"（"超声波"怎样用图像表现？声波是看不见的，没有办法，我就画了农林牧副渔多种产品，上面一律用圆规蘸白粉画了一圈又一圈同心圆）。我的"巨著"，是画了一套《中国马铃薯图谱》。这是所里给我的任务。

这个所有一个下属单位"马铃薯研究站"，设在沽源。为什么设在沽源？沽源在坝上，是高寒地区（有一年下大雪，沽源西门外的积雪跟城墙一般高）。马铃薯本是高寒地带的作物。马铃薯在南方种几年，就会退化，需要到坝上调种。沽源是供应全国薯种的基地，研究站设在这里，理所当然。这里集中了全国各地、各个品种的马铃薯，不下百来种，我在张家口买了纸、颜色、笔，带了在沙岭子新华书店买得的《癸巳类稿》《十驾斋养新录》和两册《容斋随笔》（沙岭子新华书店进了这几种书也很奇怪，如果不是我买，大概永远也卖不出去），就坐长途汽车，奔向沽源，其时在八月下旬。

我在马铃薯研究站画《图谱》，真是神仙过的日子。没有领导，不用开会，就我一个人，自己管自己。这时正是马铃薯开花，我每天蹚着露水，到试验田里摘几丛花，插在玻璃杯里，对着花描画。我曾经给北京的朋友写过一首长诗，叙述我的生活。全诗已忘，只记得两句。

坐对一丛花，

眸子炯如虎。

下午，画马铃薯的叶子。天渐渐凉了，马铃薯陆续成熟，就开始画薯块。画一个整薯，还要切开来画一个剖面，一块马铃薯画完了，薯块就再无用处，我于是随手埋进牛粪火里，烤烤，吃掉。我敢说，像我一样吃过那么多品种的马铃薯的，全国盖无第二人。

沽源是绝塞孤城。这本来是一个军台。清代制度，大臣犯罪，往往由帝皇批示"发往军台效力"，这处分比充军要轻一些（名曰"效力"，实际上大臣自己并不去，只是闲住在张家口，花钱雇一个人去军台充数）。我于是在《容斋随笔》的扉页上，用朱笔画了一方图章，文曰：

效力军台。

白天画画，晚上就看我带去的几本书。

一九六二年初，我调回北京，在北京京剧团担任编剧，直至离休。

摘掉右派分子帽子，不等于不是右派了。"文革"期间，有人来外调，我写了一个旁证材料。人事科的同志在材料上加了批注：该人是摘帽右派。所提供情况，仅供参考。

我对"摘帽右派"很反感，对"该人"也很反感。"该人"跟"该犯"差不了多少。我不知道我们的人事干部从什么地方学来的这种带封建意味的称谓。

"文化大革命"，我是本单位第一批被揪出来的，因为有"前科"。

"文革"期间给我贴的大字报，标题是：

老右派，新表演。

我搞了一些时期"样板戏"，江青似乎很赏识我，于是忽然有一天宣布："汪曾祺可以控制使用"。这主要当然是因为我曾是右派。在"控制使用"的压力下搞创作，那滋味可想而知。

一直到一九七九年给全国绝大多数右派分子平反，我才算跟右派的影子告别。我到原单位去交材料，并向经办我的专案的同志道谢："为了我的问题的平反，你们做了很多工作，麻烦你们了，谢谢！"那几位同志说："别说这些了吧！二十年了！"

春初新韭 秋末晚菘
汪曾祺散文精选

有人问我："这些年你是怎么过来的？"他们大概觉得我的精神状态不错，有些奇怪，想了解我是凭仗什么力量支持过来的。我回答：

"随遇而安。"

丁玲同志曾说她从被划为右派到北大荒劳动，是"逆来顺受"。我觉得这太苦涩了，"随遇而安"，更轻松一些。"遇"，当然是不顺的境遇，"安"，也是不得已。不"安"，又怎么着呢？既已如此，何不想开些。如北京人所说："哄自己玩儿"。当然，也不完全是哄自己。生活，是很好玩的。

随遇而安不是一种好的心态，这对民族的亲和力和凝聚力是会产生消极作用的。这种心态的产生，有历史的原因（如受老庄思想的影响），本人气质的原因（我就不是具有抗争性格的人），但是更重要的是客观，是"遇"，是环境的，生活的，尤其是政治环境的原因。中国的知识分子是善良的。曾被打成右派的那一代人，除了已经死掉的，大多数都还在努力地工作。他们的工作的动力，一是要证实自己的价值。人活着，总得做一点事。二是对生我养我的故国未免有情。但是，要恢复对在上者的信任，甚至轻信，恢复年轻时的天真的热情，恐怕是很难了。他们对世事看淡了，看透了，对现实多多少少是疏离的。受过伤的心总是有璺的。人的心，是脆的。

这是没有办法的事。

为政临民者，可不慎乎。

一九九一年一月三十一日

载一九九一年第二期《收获》

果园的收获

　　这是一个地区性的综合的农业科学研究所的供实验研究用的果园，规模不大，但是水果品种颇多。有些品种是外面见不到的。

　　山西、张家口一带把苹果叫果子。不是所有的水果都叫果子，只有苹果叫果子，有个山西梆子唱"红"（即老生）的演员叫丁果仙，山西人称她为"果子红"（她是女的）。山西人非常喜爱果子红,听得过瘾,就大声喊叫"果果！"这真是有点特别，给演员喝彩，不是鼓鼓掌，或是叫一声"好"而是大叫"果果！"，我还没有见过。叫"果果"，大概因为丁果仙的嗓音唱法甜、美、浓、脆。

　　这个实验果园一般的苹果都有，有的品种，黄元帅、金皇后、黄魁、红香蕉……这些都比较名贵，但我觉得都有点贵族气，果肉过于细腻，而且过于偏甜。《水果品种栽培各论》，记录水果的特点，大都说是"酸甜合度"，怎么叫"合度"，很难捉摸。我比较喜欢的是国光、红玉，因为它有点酸头。我更喜欢国光，因果肉脆，一口咬下去，嘎巴一声，而且耐保鲜，因为果皮厚，果汁不易蒸发。秋天收的国光，储存到过春节，从地窖里取出来，还是像新摘的一样。

我在果园劳动的时候，"红富士"还没有，后来才引进推广。"红富士"固自佳，现在已经高踞苹果的榜首。

有人警告过我，在太原街上，千万不能说果子红不好。只要说一句，就会招了一大群人围上来和你辩论。碰不得的！

果园品种最多的是葡萄，大概有四十几种。"柔丁香""白香蕉"是名种。"柔丁香"有丁香香味，"白香蕉"味如香蕉，这在市面上买不到，是每年留下来给"首长"送礼的。有些品种听名字就知道是从国外引进的："黑罕""巴勒斯坦""白拿破仑"……有些最初也是外来的（葡萄本都是外来的，但在中国落户已久，曹操就作文赞美过葡萄），日子长了，名字也就汉化了，如"大粒白""马奶子""玫瑰香"，甚至连它们的谱系也难于查考了。葡萄的果粒大小形状各异。"玫瑰香"的果枝长，显得披头散发；有一种葡萄，我忘记了叫什么名字了，果粒小而密集，一粒一粒挤得紧紧的，一穗葡萄像一个白马牙老玉米棒子。葡萄里我最喜欢的还是玫瑰香，确实有一股玫瑰花的香味，一口浓甜。现在市上能买到的"玫瑰香"已退化失真。

葡萄喜肥，喜水。施的肥是大粪。挨着葡萄根，在后面挖一个长槽，把粪倒入进去。一棵大葡萄得倒三四桶，小棵的一桶也够了。"农家肥"之外，还得下人工肥，硫氨。葡萄喝水，像小孩子喝奶一样，使劲地喝。葡萄藤中通有小孔，水可从地面一直吮到藤顶，你简直可以听到它吸水的声音。喝足了水，用小刀划破它一点皮，水就从皮破处沁出滴下。一般果树浇水，都是在树下挖一个"树碗"，浇一两担水就足矣，葡萄则是"漫灌"。这家伙，真能喝水！

有一年，结了一串特大的葡萄，"大粒白"。大粒白本来就结得多，多的可达七八斤。这串大粒白竟有二十四五斤。原来是一个技术员把两穗"靠接"在一起了。这穗葡萄只能作展览用，大粒白果大如乒乓球，但不好吃。为了给这串葡萄增加营养，竟给它注射了葡萄糖！给葡萄注射葡萄糖，这简直是胡闹。这是大跃进那年的事。"大跃进"整个是一场胡闹。

葡萄一天一个样，一天一天接近成熟，再给它透透地浇一遍水，喷一次波尔多液（葡萄要喷多次波尔多液——硫酸铜兑石灰水，为了防治病害），给它喝一口"离娘奶"，备齐果筐、剪子，就可以收葡萄了，葡萄装筐，要压紧。得几个壮汉跳上去压。葡萄不怕压，怕压不紧，怕松。装筐装松了，一晃逛，就会破皮掉粒。水果装筐都是这样。

　　最怕葡萄收获的时候下雹子。有一年，正在葡萄透熟的时候下了一场很大的雹子，"蛋打一条线"——山西、张家口称雹子为"冷蛋"，齐刷刷地把整园葡萄都打落下来，满地狼藉，不可收拾。干了一年，落得这样的结果，真是叫人伤心。

　　梨之佳种为"二十世纪明月"，为"日面红"。"二十世纪明月"个儿不大，果皮玉色，果肉细，无渣，多汁，果味如蜜。"日面红"朝日的一面色如胭脂，背阳的一面微绿，入口酥脆。其他大部分是鸭梨。

　　杏树不甚为人重视，只于地头、"四基"、水边、路边种之。杏怕风。一树杏花开得正热闹，一阵大风，零落殆尽。农科所杏多为黄杏，"香白杏""杏儿——吧嗒"没有。

　　我一九五八年在果园劳动，距今已经三十八年。前十年曾到农科所看了看，熟人都老了。在渠沿碰到张素花和刘美兰，我们以前是天天在一起劳动的。我叫她们，刘美兰手搭凉篷，眯了眼，问："是不是个老汪？"问刘美兰现在还老跟丈夫打架吗（两口子过去老打），她说："俺（她是柴沟堡人，"我"字念成俺）都当了奶奶了！"

日子过得真快。

一九九六年四月九日

坝　上

风梳着莜麦沙沙地响，

山药花翻滚着雪浪。

走半天见不到一个人，

这就是俺们的坝上。

——旧作《旅途》

　　香港人知道坝上的大概不多，但是不少人知道口蘑。口蘑的集散地在张家口市，但是出产在张家口地区的坝上。

　　张家口地区分坝上、坝下两个部分。我原来以为"坝"是水坝，不是的。所谓坝是一溜大山，齐齐的，远看倒像是一座大坝。坝上坝下，海拔悬殊。坝下七百公尺，坝上一千四，几乎是直上直下。汽车从万全县起爬坡。爬得很吃力。一上坝，就忽然开得轻快起来，撒开了欢。坝上是台地，非常平。北方人形容地面之平，说是平得像案板一样。而且非常广阔，一望无际。坝上下，温度也极悬殊。我上坝在九月初，原来穿的是衬衫，一上坝就披起了薄棉袄。坝上冬天冷到零下四十度。冬天上坝，汽车站都要检查乘客有没有大皮袄，曾经有人冻死在车上过。

坝上的地块极大。多大？说是有人牵了一头黄牛去犁地，犁了一趟回来，黄牛带回一只小牛犊，已经都三岁了！

坝上的农作物也和坝下不同，不种高粱、玉米，种莜麦、胡麻、山药。莜麦和西藏的青稞麦是一类的东西，有点像做麦片的燕麦。这种庄稼显得非常干净，看起来像洗过一样，梳过一样。胡麻开着蓝花，像打着一把一把小伞，很秀气。山药即马铃薯。香港人是见过马铃薯的，但是种在地里的马铃薯恐怕见过的人不多。马铃薯开了花，真是像翻滚着雪浪。

坝上有草原，多马、牛、羊。坝上的羊肉不膻，因为羊吃了野葱，自己已经把膻味解了。据说过去北京东来顺涮羊肉的羊都是从坝上赶了去的。——不是用车运，而是雇人成群地赶去的。羊一路走，一路吃草，到北京才不掉膘。

口蘑很奇怪，长在一定的地方，不是到处长。长蘑菇的地方叫作"蘑菇圈"。在草地上远远看去，有一圈草特别绿，那就是蘑菇圈。蘑菇圈是正圆的。蘑菇就长在这一圈草里。——圈里不长，圈外也不长。有人说这地方过去曾扎过蒙古包，蒙古人把吃剩的肉汤、骨头丢在蒙古包周围，这一圈土特别肥，所以长蘑菇。但据研究蘑菇的专家告诉我，兹说不可信。我采过蘑菇。下过雨，出了太阳，空气潮暖，蘑菇就出来了。从土里顶出一个小小的白帽，雪白的。哈，蘑菇！我第一次采到蘑菇，其惊喜不下于小时候第一次钓到一条鱼。

口蘑品种很多。伞盖背面菌丝作紫黑色的，叫"黑片蘑"，品最次。比较名贵的是青腿子、鸡腿子、白蘑。我曾亲自采到一个白蘑，晾干了，带回北京。一个白蘑做了一大碗汤，一家人都喝了，都说："鲜极了！"口蘑要干制了才好吃，鲜口蘑不好吃，不像云南的鸡枞或冬菇。我在井冈山吃过才摘的鲜冬菇，风味绝佳，无可比拟。

坝上还出百灵。过去有那种游手好闲，不好好种地的人，即靠采蘑菇和扣百灵为生。百灵为什么要"扣"呢？因为它是落在地面上的。百灵的爪子不能蜷曲，不

春初新韭 秋末晚菘
汪曾祺散文精选

能栖息在树上，——抓不住树枝。养百灵的笼里不要栖棍，只有一个"台"，百灵想唱歌，就登台表演。至于怎样"扣"。我则未闻其详。关里的百灵很多都是从"口外"去的。但是口外百灵到了关里得经过一段时间的调教，否则它叫起来带有口外的口音。咦，鸟还有乡音呀？

果园杂记

涂　白

一个孩子问我：干吗把树涂白了？

我从前也非常反对把树涂白了，以为很难看。

后来我到果园干了两年活，知道这是为了保护树木过冬。

把牛油、石灰在一个大铁锅里熬得稠稠的，这就是涂白剂。我们拿了棕刷，担了一桶一桶的涂白剂，给果树涂白。要涂得很细，特别是树皮有伤损的地方、坑坑洼洼的地方，要涂到，而且要涂得厚厚的，免得来年存留雨水，窝藏虫蚁。

涂白都是在冬日的晴天。男的、女的，穿了各种颜色的棉衣，在脱尽了树叶的果林里劳动着。大家的心情都很开朗，很高兴。

涂白是果园一年最后的农活了。涂完白，我们就很少到果园里来了。这以后，雪就落下来了。果园一冬天埋在雪里。

从此，我就不反对涂白了。

粉　蝶

我曾经做梦一样在一片盛开的茼蒿花上看见成千上万的粉蝶——在我童年的时候。那么多的粉蝶，在深绿的蒿叶和金黄的花瓣上乱纷纷地飞着，看得我想叫，想把这些粉蝶放在嘴里嚼，我醉了。

后来我知道这是一场灾难。

我知道粉蝶是菜青虫变的。

菜青虫吃我们的圆白菜。那么多的菜青虫！而且它们的胃口那么好，食量那么大。它们贪婪地、迫不及待地、不停地吃，吃得菜地里沙沙地响。一上午的工夫，一地的圆白菜就叫它们咬得全是窟窿。

我们用 DDT 喷它们，使劲地喷它们。DDT 的激流猛烈地射在菜青虫身上，它们滚了几滚，僵直了，噗的一声掉在了地上，我们的心里痛快极了。我们是很残忍的，充满了杀机。

但是粉蝶还是挺好看的。在散步的时候，草丛里飞着两个粉蝶，我现在还时常要停下来看它们半天。我也不反对国画家用它们来点缀画面。

波尔多液

喷了一夏天的波尔多液，我的所有的衬衫都变成浅蓝色的了。

硫酸铜、石灰，加一定比例的水，这就是波尔多液。波尔多液是很好看的，呈天蓝色。过去有一种浅蓝的阴丹士林布，就是那种颜色，这是一个果园的看家的农药，一年不知道要喷多少次。不喷波尔多液，就不成其为果园。波尔多液防病，能保证水果的丰收。果农都知道，喷波尔多液虽然费钱，却是划得来的。

这是个细致的活。把喷头绑在竹竿上，把药水压上去，喷在果树叶子上、苹果树叶子上、葡萄叶子上。要喷得很均匀，不多，也不少。喷多了，药水的水珠糊成一片，挂不住，流了；喷少了，不管用。树叶的正面、反面都要喷到。这活不重，但是干完了，眼睛脖颈，都是酸的。

我是个喷波尔多液的能手。大家叫我总结经验。我说：一、我干不了重活，这活我能胜任；二、我觉得这活有诗意。

　　为什么叫个"波尔多液"呢？——中国的老果农说这个外国名字已经说得很顺口了。这有个故事。

　　波尔多是法国的一个小城，出马铃薯。有一年，法国的马铃薯都得了晚疫病，——晚疫病很厉害，得了病的薯地像火烧过一样，只有波尔多的马铃薯却安然无恙。大伙捉摸，这是什么道理呢？原来波尔多城外有一个铜矿，有一条小河从矿里流出来，河床是石灰石的。这水蓝蓝的，是不能吃的，农民用它来浇地。莫非就是这条河，使波尔多的马铃薯不得疫病？

　　于是世界上就有了波尔多液。

　　中国的老农现在说这个法国名字也说得很顺口了。

　　去年，有一个朋友到法国去，我问他到过什么地方，他很得意地说：波尔多！

　　我也到过波尔多，在中国。

国　子　监

　　为了写国子监，我到国子监去逛了一趟，不得要领。从首都图书馆抱了几十本书回来，看了几天，看得眼花气闷，而所得不多。后来，我去找了一个"老"朋友聊了两个晚上，倒像是明白了不少事情。我这朋友世代在国子监当差，"侍候"过翁同龢、陆润庠、王垿等祭酒，给新科状元打过"状元及第"的旗，国子监生人，今年七十三岁，姓董。

　　国子监，就是从前的大学。

　　这个地方原先是什么样子，没法知道了（也许是一片荒郊）。立为国子监，是在元代迁都大都以后，至元二十四年（一二八八年），距今约已七百年。

　　元代的遗迹，已经难于查考。给这段时间作证的，有两棵老树：一棵槐树，一棵柏树。一在彝伦堂前，一在大成殿阶下。据说，这都是元朝的第一任国立大学校长——国子监祭酒许衡手植的。柏树至今仍颇顽健，老干横枝，婆娑弄碧，看样子还能再活个几百年。那棵槐树，约有北方常用二号洗衣绿盆粗细，稀稀疏疏地披着几根细瘦的枝条，干枯僵直，全无一点生气，已经老得不成样子了，很难断定它是否还活着。传说它老早就已经死过一次，死了几十年，有一年不知道怎么又活了。这是乾隆年间的事，这年正赶上是慈宁太后的六十"万寿"，嗬，这是大喜事！于是皇上、大臣赋诗作记，还给老槐树画了像，全都刻在石头上，着实热闹了一通。这些石碑，至今犹在。

国子监是学校，除了一些大树和石碑之外，主要的是一些作为大学校舍的建筑。这些建筑的规模大概是明朝的永乐所创建的（大体依据洪武帝在南京所创立的国子监，而规模似不如原来之大），清朝又改建或修改过。其中修建最多的，是那位站在大清帝国极盛的峰顶，喜武功亦好文事的乾隆。

一进国子监的大门——集贤门，是一个黄色琉璃牌楼。牌楼之里是一座十分庞大华丽的建筑。这就是辟雍。这是国子监最中心、最突出的一个建筑。这就是乾隆所创建的。辟雍者，天子之学也。天子之学，到底该是个什么样子，从汉朝以来就众说纷纭，谁也闹不清楚。照现在看起来，是在平地上开出一个正圆的池子，当中留出一块四方的陆地，上面盖起一座十分宏大的四方的大殿，重檐，有两层廊柱，盖黄色琉璃瓦，安一个巨大的镏金顶子，梁柱檐饰，皆朱漆描金，透刻敷彩，看起来像一顶大花轿子似的。辟雍殿四面开门，可以洞启。池上围以白石栏杆，四面有石桥通达。这样的格局是有许多讲究的，这里不必说它。辟雍，是乾隆以前的皇帝就想到要建筑的，但都因为没有水而作罢了（据说天子之学必得有水）。到了乾隆，气魄果然要大些，认为"北京为天下都会，教化所先也，大典缺如，非所以崇儒重道，古与稽而今与居也"（《御制国学新建辟雍圜水工成碑记》）。没有水，那有什么关系！下令打了四口井，从井里把水汲上来，从暗道里注入，通过四个龙头（螭首），喷到白石砌就的水池里，于是石池中涵空照影，泛着潋滟的波光了。二、八月里，祀孔释奠之后，乾隆来了。前面钟楼里撞钟，鼓楼里擂鼓，殿前四个大香炉里烧着檀香，他走入讲台，坐上宝座，讲《大学》或《孝经》一章，叫王公大臣和国子监的学生跪在石池的桥边听着，这个盛典，叫作"临雍"。

这"临雍"的盛典，道光、嘉庆年间，似乎还举行过，到了光绪，据我那朋友老董说，就根本没有这档子事了。大殿里一年难得打扫两回，月牙河（老董管辟雍殿四边的池子叫作四个"月牙河"）里整年是干的，只有在夏天大雨之后，各处的雨水一齐奔到这里面来。这水是死水，那光景是不难想象的。

然而辟雍殿确实是个美丽的、独特的建筑。北京有名的建筑，除了天安门、天坛祈年殿那个蓝色的圆顶、九梁十八柱的故宫角楼，应该数到这顶四方的大花轿。

辟雍之后，正面一间大厅，是彝伦堂，是校长——祭酒和教务长——司业办公的地方。此外有"四厅六堂"，敬一亭，东厢西厢。四厅是教职员办公室。六堂本来应该是教室，但清朝另于国子监斜对门盖了一些房子作为学生住宿进修之所，叫作"南学"（北方戏文动辄说"到南学去攻书"，指的即是这个地方），六堂作为考场时似更多些。学生的月考、季考在此举行，每科的乡会试也要先在这里考一天，然后才能到贡院下场。

六堂之中原来排列着一套世界上最重的书，这书一页有三四尺宽，七八尺长，一尺许厚，重不知几千斤。这是一套石刻的十三经，是一个老书生蒋衡一手写出来的。据老董说，这是他默出来的！他把这套书献给皇帝，皇帝接受了。刻在国子监中，作为重要的装点。这皇帝，就是高宗纯皇帝乾隆陛下。

国子监碑刻甚多，数量最多的，便是蒋衡所写的经。著名的，旧称有赵松雪临写的"黄庭""乐毅""兰亭定武本"；颜鲁公"争座位"，这几块碑不晓得现在还在不在，我这回未暇查考。不过我觉得最有意思、最值得一看的是明太祖训示太学生的一通敕谕：

恁学生每听着：先前那宗讷做祭酒呵，学规好生严肃，秀才每循规蹈矩，都肯向学，所以教出来的个个中用，朝廷好生得人。后来他善终了，以礼送他回乡安葬，沿路上着有司官祭他。

近年着那老秀才每做祭酒呵，他每都怀着异心，不肯教诲，把宗讷的学规都改坏了，所以生徒全不务学，用着他呵，好生坏事。

如今着那年纪小的秀才官人每来署学事，他定的学规，恁每当依着行。敢有抗拒不服，撒泼皮，违犯学规的，若祭酒来奏着恁呵，都不饶！全家发向烟瘴地面去，或充军，或充吏，或做首领官。

今后学规严紧，若有无籍之徒，敢有似前贴没头帖子，诽谤师长的，许诸人出首，或绑缚将来，赏大银两个。若先前贴了票子，有知道的，或出首，或绑缚将来呵，也一般赏他大银两个。将那犯人凌迟了，枭令在监前，全家抄没，人口发往烟瘴地面。钦此！

这里面有一个血淋淋的故事：明太祖为了要"人才"，对于办学校非常热心。他的办学的政策只有一个字：严。他所委任的第一任国子监祭酒宗讷，就秉承他的意旨，订出许多规条。待学生非常的残酷，学生曾有饿死吊死的。学生受不了这样的迫害和饥饿，曾经闹过两次学潮。第二次学潮起事的是学生赵麟，出了一张壁报（没头帖子）。太祖闻之，龙颜大怒，把赵麟杀了，并在国子监立一长竿，把他的脑袋挂在上面示众（照明太祖的语言，是"枭令"）。隔了十年，他还忘不了这件事，有一天又召集全体教职员和学生训话。碑上所刻，就是训话的原文。

这些本来是发生在南京国子监的事，怎么北京的国子监也有这么一块碑呢？想必是永乐皇帝觉得他老大人的这通话训得十分精彩，应该垂之久远，所以特在北京又刻了一个复本。是的，这值得一看。他的这篇白话训词比历朝皇帝的"崇儒重道"之类的话都要真实得多，有力得多。

这块碑在国子监仪门外侧右手，很容易找到。碑分上下两截。下截是对工役膳夫的规矩，那更不得了："打五十竹篦"！"处斩"！"割了脚筋"……

历代皇帝虽然都似乎颇为重视国子监，不断地订立了许多学规，但不知道为什么，国子监出的人才并不是那样的多。

《戴斗夜谈》一书中说，北京人已把国子监打入"十可笑"之列：

> 京师相传有十可笑：光禄寺茶汤，太医院药方，神乐观祈禳，武库司刀枪，营缮司作场，养济院衣粮，教坊司婆娘，都察院宪纲，国子监学堂，翰林院文章。

国子监的课业历来似颇为稀松。学生主要的功课是读书、写字、作文。国子监学生——监生的肄业、待遇情况各时期都有变革。到清朝末年，据老董说，是每隔六日作一次文，每一年转堂（升级）一次，六年毕业，学生每月领助学金（膏火）八两。学生毕业之后，大部分发作为县级干部，或为县长（知县）、副县长（县丞），或为教育科长（训导）。另外还有一种特殊的用途，是调到中央去写字（清朝有一个时期光禄寺的面袋都是国子监学生的仿纸做的）。从明朝起就有调国子监善书学生去抄录《实录》的例。明朝的一部大丛书《永乐大典》，清朝的一部更大的丛书《四库全书》的底稿，那里面的端正严谨（也毫无个性）的馆阁体楷书，有些就是出自国子监高才生的手笔。这种工作，叫作"在誊桌上行走"。

国子监监生的身份不十分为人所看重。从明景泰帝开生员纳粟纳马入监之例以后，国子监的门槛就低了。尔后捐监之风大开，监生就更不值钱了。

国子监是个清高的学府，国子监祭酒是个清贵的官员——京官中，四品而掌印的，只有这么一个。作祭酒的，生活实在颇为清闲，每月只逢六逢一上班，去了之后，当差的在门口喝一声短道，沏上一碗盖碗茶，他到彝伦堂上坐了一阵，给学生出题目，看看卷子；初一、十五带着学生上大成殿磕头，此外简直没有什么事情。清朝时他们还有两桩特殊任务：一是每年十月初一，率领属官到午门去领来年的黄历；一是遇到日蚀、月蚀，穿了素服到礼部和太常寺去"救护"，但领黄历一年只一次，日蚀、月蚀，更是难得碰到的事。戴璐《藤阴杂记》说此官"清简恬静"，这几个字是下得很恰当的。

但是，一般做官的似乎都对这个差事不大发生兴趣。

朝廷似乎也知道这种心理，所以，除了特殊例外，祭酒不上三年就会迁调。这是为什么？因为这个差事没有油水。

查清朝的旧例，祭酒每月的俸银是一百〇五两，一年一千二百六十两，外加办公费每月三两，一年三十六两，加在一起，实在不算多。国子监一没人打官司告状，二没有盐税河工可以承揽，没有什么外快。但是毕竟能够养住上上下下的堂官皂役的，赖有相当稳定的银子，这就是每年捐监的手续费。

据朋友老董说，纳监的监生除了要向吏部交一笔钱，领取一张"护照"外，还需向国子监交钱领"监照"——就是大学毕业证书。照例一张监照，交银一两七钱。国子监旧例，积银二百八十两，算一个"字"，按"千字文"数，有一个字算一个字，平均每年约收入五百字上下。我算了算，每年国子监收入的监照银约有十四万两，即每年有八十二三万不经过入学和考试只花钱向国家买证书而取得大学毕业资格——监生的人。原来这是一种比乌鸦还要多的东西！这十四万两银子照国家的规定是不上缴的，由国子监官吏皂役按份摊分，祭酒每一字分十两，那么一年约可收入五千银子，比他的正薪要多得多。其余司业以下各有差。据老董说，连他一个"字"也分五钱八分，一年也从这一项上收入二百八九十两银子！

老董说，国子监还有许多定例。比如，像他，是典籍厅的刷印匠，管给学生"做卷"——印制作文用的红格本子，这事包给了他，每月例领十三两银子。他父亲在时还会这宗手艺，到他时则根本没有学过，只是到大栅栏口买一刀毛边纸，拿到琉璃厂找铺子去印，成本共花三两，剩下十两，是他的。所以，老董说，那年头，手里的钱花不清——烩鸭条才一吊四百钱一卖！至于那几位"堂皂"，就更不得了了！单是每科给应考的举子包"枪手"（这事值得专写一文），就是一笔大财。那时候，当差的都兴喝黄酒，街头巷尾都是黄酒馆，跟茶馆似的，就是专为当差的预备着的。所以，像国子监的差事也都是世袭。这是一宗产业，可以卖，也可以顶出去！

老董的记性极好，我的复述倘无错误，这实在是一宗未见载录的珍贵史料。我所以不惮其烦地缕写出来，用意是在告诉比我更年轻的人，封建时代的经济、财政、人事制度，是一个多么古怪的东西！

国子监，现在已经作为首都图书馆的馆址了。首都图书馆的老底子是头发胡同的北京市图书馆，即原先的通俗图书馆——由于鲁迅先生的倡议而成立，鲁迅先生曾经襄赞其事，并捐赠过书籍的图书馆；前曾移到天坛，因为天坛地点逼仄，又挪到这里了。首都图书馆藏书除原头发胡同的和新中国成立后新买的以外，主要为原来孔德学校和法文图书馆的藏书。就中最具特色，在国内收藏较富的，是鼓词俗曲。

载一九五七年三月号《北京文艺》

听遛鸟人谈戏

　　近来我每天早晨绕着玉渊潭遛一圈。遛完了，常找一个地方坐下听人聊天。这可以增长知识，了解生活。还有些人不聊天。钓鱼的、练气功的，都不说话。游泳的闹闹嚷嚷，听不见他们嚷什么。读外语的学生，读日语的、英语的、俄语的，都不说话，专心致志把莎士比亚和屠格涅夫印进他们的大脑皮层里去。

　　比较爱聊天的是那些遛鸟的。他们聊的多是关于鸟的事，但常常联系到戏。遛鸟与听戏，性质上本相接近。他们之中不少是既爱养鸟，也爱听戏，或曾经也爱听戏的。遛鸟的起得早，遛鸟的地方常常也是演员喊嗓子的地方，故他们往往有当演员的朋友，知道不少梨园掌故。有的自己就能唱两口。有一个遛鸟的，大家都叫他"老包"，他其实不姓包，因为他把鸟笼一挂，自己就唱开了：
"包龙图打坐在开封府……"就这一句。唱完了，自己听
着不好，摇摇头，接着再唱："包龙图打坐……"

因为常听他们聊，我多少知道一点关于鸟的常识。
知道画眉的眉子齐不齐，身材胖瘦，头大头小，是不是"原
毛"，有"口"没有，能叫什么玩意儿：伏天、喜鹊——
大喜鹊、山喜鹊、苇咋子、猫、家雀打架、鸡下蛋……
知道画眉的行市，哪只鸟值多少"张"。——"张"，是
一张拾圆的钞票。他们的行话不说几十块钱，而说多少张。
有一个七十八岁的老头，原先本是勤行，他的一只画眉，
人称鸟王。有人问他出不出手，要多少钱，他说："二百。"
遛鸟的都说："值！"

我有些奇怪了，忍不住问："一只鸟值多少钱，是不
是公认的？你们都瞧得出来？"

几个人同时叫起来："那是！老头的值二百，那只生
鸟值七块。梅兰芳唱戏卖两块四，戏校的学生现在卖三毛。
老包，倒找我两块钱！那能错了？"

"全北京一共有多少画眉？能统计出来吗？"

"横是不少！"

"'文化大革命'那阵没有了吧？"

"那会儿谁还养鸟哇！不过，这玩意禁不了。就跟那

春初新韭 秋末晚菘
汪曾祺散文精选

京剧里的老戏似的，'四人帮'压着不让唱，压得住吗？一开了禁，你瞧，呼啦，呼啦——全出来了。不管是谁，禁不了老戏，也就禁不了养鸟。我把话说在这儿：多会有画眉，多会他就得唱老戏！报上说京剧有什么危机，瞎掰的事！"

这位对画眉和京剧的前途都非常乐观。

一个六十多岁的退休银行职员说："养画眉的历史大概和京剧的历史差不多长，有四大徽班那会就有画眉。"

他这个考证可不大对。画眉的历史可要比京剧长得多，宋徽宗就画过画眉。

"养鸟有什么好处呢？"我问。

"嘻，遛人！"七十八岁的老厨师说，"没有个鸟，有时早上一醒，觉得还困，就懒得起了；有个鸟，多困也得起！"

"这是个乐儿！"一个还不到五十岁的扁平脸、双眼皮很深、络腮胡子的工人——他穿着厂里的工作服，说。

"是个乐儿！钓鱼的、游泳的，都是个乐儿！"说话的是退休银行职员。

"一个画眉，不就是叫么？怎么会有那么大的差别？"

一个戴白边眼镜的穿着没有领子的酱色衬衫的中等老头儿，他老给他的四只画眉洗澡——把鸟笼放在浅水里让画眉抖擞毛羽，说："叫跟叫不一样！跟唱戏一样，有的嗓子宽，有的窄，有的有膛音，有的干冲！不但要声音，还得要'样'，得有'做派'，有神气。您瞧我这只画眉，叫得多好！像谁？"

像谁？

"像马连良！"

像马连良？！我细瞧一下，还真有点像！它周身干净利索，挺拔精神，叫的时候略偏一点身子，还微微摇动脑袋。

"潇洒！"

我只得承认：潇洒！

不过我立刻不免替京剧演员感到一点悲哀，原来在这些人的心目中，对一个演员的品鉴，就跟对一只画眉一样。

"一只画眉，能叫多少年？"

勤行老师傅说："十来年没问题！"

老包说："也就是七八年。就跟唱京剧一样：李万春现在也只能看一招一式，高盛麟也不似当年了。"

他说起有一年听《四郎探母》，甭说四郎、公主，佘太君是李多奎，那嗓子，冲！他慨叹说："那样的好角儿，现在没有了！现在的京剧没有人看，——看的人少，那是啊，没有那么多好角儿了嘛！你再有杨小楼，再有梅兰芳，再有金少山，试试！照样满！两块四？四块八也有人看！——我就看！卖了画眉也看！"

他说出了京剧不景气的原因：老成凋谢，后继无人。这与一部分戏曲理论家的意见不谋而合。

戴白边眼镜的中等老头儿不以为然："不行！王师傅的鸟值二百（哦，原来老人姓王），可是你叫个外行来听听：听不出好来！就是梅兰芳、杨小楼再活回来，你叫那边那几个念洋话的学生来听听，他也听不出好来。不懂！现而今这年轻人不懂的事太多。他们不懂京剧，那戏园子的座儿就能好了哇？"

好几个人附和："那是！那是！"

他们以为京剧的危机是不懂京剧的学生造成的。如果现在的学生都像老舍所写的赵子曰，或者都像老包，像这些懂京剧的遛鸟的人，京剧就得救了。这跟一些戏剧理论家的意见也很相似。

然而京剧的老观众，比如这些遛鸟的人，都已经老了，他们大部分已经退休。他们跟我闲聊中最常问的一句话是："退了没有？"那么，京剧的新观众在哪里呢？

哦，在那里：就是那些念屠格涅夫、念莎士比亚的学生。

也没准儿将来改造京剧的也是他们。

谁知道呢！

载一九八二年第二期《北京文艺》

老 舍 先 生

　　北京东城迺兹府丰富胡同有一座小院。走进这座小院，就觉得特别安静，异常豁亮。这院子似乎经常布满阳光。院里有两棵不大的柿子树（现在大概已经很大了），到处是花，院里、廊下、屋里，摆得满满的。按季更换，都长得很精神，很滋润，叶子很绿，花开得很旺。这些花都是老舍先生和夫人胡絜青亲自莳弄的。天气晴和，他们把这些花一盆盆抬到院子里，一身热汗。刮风下雨，又一盆一盆抬进屋，又是一身热汗。老舍先生曾说："花在人养。"老舍先生爱花，真是到了爱花成性的地步，不是可有可无的了。汤显祖曾说他的词曲"俊得江山助"。老舍先生的文章也可以说是"俊得花枝助"。叶浅予曾用白描为老舍先生画像，四面都是花，老舍先生坐在百花丛中的藤椅里，微仰着头，意态悠远。这张画不是写实，意思恰好。

客人被让进了北屋当中的客厅，老舍先生就从西边的一间屋子走出来。这是老舍先生的书房兼卧室。里面陈设很简单，一桌、一椅、一榻。老舍先生腰不好，习惯睡硬床。老舍先生是文雅的、彬彬有礼的。他的握手是轻轻地，但是很亲切。茶已经沏出色了，老舍先生执壶为客人倒茶。据我的印象，老舍先生总是自己给客人倒茶的。

老舍先生爱喝茶，喝得很勤，而且很酽。他曾告诉我，到莫斯科去开会，旅馆里倒是为他特备了一只暖壶。可是他沏了茶，刚喝了几口，一转眼，服务员就给倒了。"他们不知道，中国人是一天到晚喝茶的！"

有时候，老舍先生正在工作，请客人稍候，你也不会觉得闷得慌。你可以看看花。如果是夏天，就可以闻到一阵一阵香白杏的甜香味儿。一大盘香白杏放在条案上，那是专门为了闻香而摆设的。你还可以站起来看看西壁上挂的画。

老舍先生藏画甚富，大都是精品。所藏齐白石的画可谓"绝品"。壁上所挂的画是时常更换的。挂的时间较久的，是白石老人应老舍点题而画的四幅屏。其中一幅是很多人在文章里提到过的"蛙声十里出山泉"。"蛙声"如何画？白石老人只画了一脉活泼的流泉，两旁是乌黑的石崖，画的下端画了几只摆尾的蝌蚪。画刚刚裱起来时，我上老舍先生家去，老舍先生对白石老人的设想赞叹不已。

老舍先生极其爱重齐白石，谈起来总是充满感情。我所知道的一点白石老人的逸事，大都是从老舍先生那里听来的。老舍先生谈这四幅里原来点的题有一句是苏曼殊的诗（是哪一句我忘记了），要求画卷心的芭蕉。老人踌躇了很久，终于没有应命，因为他想不起芭蕉的心是左旋还是右旋的了，不能胡画。老舍先生说："老人是认真的。"老舍先生谈起过，有一次要拍齐白石的画的电影，想要他拿出几张得意的画来，老人说："没有！"后来由他的学生再三说服动员，他才从画案的隙缝中取出一卷（他是木匠出身，他的画案有他自制的"消息"），外面裹着好几层报纸，写着四个大字："此是废纸。"打开一看，都是惊人的杰作——就是后来纪录片里所拍摄的。白石老人家里人口很多，每天煮饭的米都是老人亲自量，用一个香烟罐头。"一下、两下、三下……行了！"——"再添一点，再添一点！"——"吃那么多呀！"有人曾提出把老人接出来住，这么大岁数了，不要再操心这样的家庭琐事。老舍先生知道了，给拦了，说："别！他这么着惯了。不叫他干这些，他就活不成了。"老舍先生的意见表现了他对人的理解，对一个人生活习惯的尊重，同时也表现了对白石老人真正的关怀。

老舍先生很好客，每天下午，来访的客人不断。作家，画家，戏曲、曲艺演员……老舍先生都是以礼相待，谈得很投机。

每年，老舍先生要把市文联的同人约到家里聚两次。一次是菊花开的时候，赏菊。一次是他的生日，——我记得是腊月二十三。酒菜丰盛，而有特点。酒是"敞开供应"，汾酒、竹叶青、伏特加，愿意喝什么喝什么，能喝多少喝多少。有一次很郑重地拿出一瓶葡萄酒，说是毛主席送来的，让大家都喝一点。菜是老舍先生亲自掂配的。老舍先生有意叫大家尝尝地道的北京风味。我记得有一次用一瓷钵芝麻酱炖黄花鱼。这道菜我从未吃过，以后也再没有吃过。老舍家的芥末墩是我吃过的最好的芥末墩！有一年，他特意订了两大盒"盒子菜"。直径三尺许的朱红扁圆漆盒，里面分开若干格，装的不过是火腿、腊鸭、小肚、口条之类的切片，但都很精致。熬白菜端上来了，老舍先生举起筷子："来来来！这才是真正的好东西！"

春初新韭 秋末晚菘
汪曾祺散文精选

老舍先生对他下面的干部很了解，也很爱护。当时市文联的干部不多，老舍先生对每个人都相当清楚。他不看干部的档案，也从不找人"个别谈话"，只是从平常的谈吐中就了解一个人的水平和才气，那是比看档案要准确得多的。老舍先生爱才，对有才华的青年，常常在各种场合称道，"平生不解藏人善，到处逢人说项斯"。而且所用的语言在有些人听起来是有点过甚其词，不留余地的。老舍先生不是那种惯说模棱两可、含糊其词、温吞水一样的官话的人。我在市文联几年，始终感到领导我们的是一位作家。他和我们的关系是前辈与后辈的关系，不是上下级关系。老舍先生这样"作家领导"的作风在市文联留下很好的影响，大家都平等相处，开诚布公，说话很少顾虑，都有点书生气，书卷气。他的这种领导风格，正是我们今天很多文化单位的领导所缺少的。

老舍先生是市文联的主席，自然也要处理一些"公务"，看文件，开会，做报告（也是由别人起草的）……但是作为一个北京市的文化工作的负责人，他常常想一些别人没有想到或想不到的问题。

北京解放前有一些盲艺人，他们沿街卖艺，有时还兼带算命，生活很苦。他们的"玩意儿"和睁眼的艺人不全一样。老舍先生和一些盲艺人熟识，提议把这些盲艺人组织起来，使他们的生活有出路，别让他们的"玩意儿"绝了。为了引起各方面的重视，他把盲艺人请到市文联演唱了一次。老舍先生亲自主持，作了介绍，还特烦两位老艺人翟少平、王秀卿唱了一段《当皮箱》。这是一个喜剧性的牌子曲，里面有一个人物是当铺的掌柜，说山西话；有一牌子叫"鹦哥调"，句尾和声用喉舌做出有点像母猪拱食的声音，很特别，很逗。这个段子和这个牌子，是睁眼艺人没有的。老舍先生那天显得很兴奋。

北京有一座智化寺，寺里的和尚作法事和别的庙里的不一样，演奏音乐。他们演奏的乐调不同凡响，很古。所用乐谱别人不能识，记谱的符号不是工尺，而是一些奇奇怪怪的笔道。乐器倒也和现在常见的差不多，但主要的乐器却是管。据说这是唐代的"燕乐"。新中国成立后，寺里的和尚多半已经各谋生计了，但还能集拢在一起。老舍先生把他们请来，演奏了一次。音乐界的同志对这堂活着的古乐都很感兴趣。老舍先生为此也感到很兴奋。

《当皮箱》和"燕乐"的下文如何，我就不知道了。

老舍先生是历届北京市人民代表。当人民代表就要替人民说话，以前人民代表大会的文件汇编是把代表提案都印出来的。有一年老舍先生的提案是：希望政府解决芝麻酱的供应问题。那一年北京芝麻酱缺货。老舍先生说："北京人夏天离不开芝麻酱！"不久，北京的油盐店里有芝麻酱卖了，北京人又吃上了香喷喷的麻酱面。

老舍是属于全国人民的，首先是属于北京人的。

一九五四年，我调离北京市文联，以后就很少上老舍先生家里去了。听说他有时还提到我。

一九八四年三月三十日

载一九八四年第五期《北京文学》

午门忆旧

北京解放前夕，一九四八年夏天到一九四九年春天，我曾在午门的历史博物馆工作过一段时间。

午门是紫禁城总体建筑的一个重要的组成部分。这是故宫的正门，是真正的"宫门"。进了天安门、端门，这只是宫廷的"前奏"，进了午门，才算是进了宫。有午门，没有午门，是不大一样的，没有午门，进天安门、端门，直接看到三大殿，就太敞了，好像一件衣裳没有领子。有午门当中一隔，后面是什么，都瞧不见，这才显得宫里神秘庄严，深不可测。

午门的建筑是很特别的。下面是一个凹形的城台。城台上正面是一座九间重檐庑殿顶的城楼；左右有重檐的方亭四座。城楼和这四座正方的亭子之间，有廊庑相连属，稳重而不笨拙，玲珑而不纤巧，极有气派，俗称为"五凤楼"。在旧戏里，五凤楼成了皇宫的代称。《草桥关》里姚期唱："到来朝陪王在那五凤楼"，《珠帘寨》里程敬思唱道："为千岁懒登五凤楼"，指的就是这里。实际上姚期和程敬思都是不会登上五凤楼的。楼不但大臣上不去，就是皇帝也很少上去。

午门有什么用呢？旧戏和评书里常有一句话："推出午门斩首！"哪能呢！这是编戏编书的人想象出来的。午门的用处大概有这么三项：一是逢什么大典时，皇上登上城楼接见外国使节。曾见过一幅紫铜的版刻，刻的就是这一盛典。外国使节、满汉官员，分班肃立，极为隆重。是哪一位皇上，庆的是何节日，已经记不清了。其次是献俘。打了胜仗（一般都是镇压了少数民族），要把俘虏（当然不是俘虏的全部，只是代表性的人物）押解到京城来。献俘本来应该在太庙。《清会典礼部》："解送俘囚至京师，钦天监择日献俘于太庙社稷。"但据熟悉掌故的同志说，在午门。到时候皇上还要坐到城楼亲自过过目。究竟在哪里，余生也晚，未能亲历，只好存疑。第三，大概是午门最有历史意义，也最有戏剧性的故实，是在这里举行廷杖。廷杖，顾名思义，是在朝廷上受杖。不过把一位大臣按在太和殿上打屁股，也实在不大像样子，所以都在午门外举行。廷杖是对廷臣的酷刑。据朱国桢《涌幢小品》，廷杖始于唐玄宗时。但是盛行似在明代。原来不过是"意思意思"。《涌幢小品》说："成化以前，凡廷杖者不去衣，用厚棉底衣，毛毡迭帊，示辱而已。"穿了厚棉裤，又垫着几层毡子，打起来想必不会太疼。但就这样也够呛，挨打以后，要"卧床数日，而后得愈"。"正德初年，逆瑾（刘瑾）用事，恶廷臣，始去衣。"——那就说脱了裤子，露出屁股挨打了。"遂有杖死者。"掌刑的是"厂卫"。明朝宦官掌握的特务机关有东厂、西厂，后来又有中行厂。廷杖在午门外进行，抡杖的该是中行厂的锦衣卫。五凤楼下，血肉横飞，是何景象？

　　不知从什么时候起，五凤楼就很少有人上去。"马道"的门锁着。民国以后，在这里建立了历史博物馆。据历史博物馆的老工友说，建馆后，曾经修缮过一次，从城楼的天花板上扫出了一些烧鸡骨头、荔枝壳和桂圆壳。他们说，这是"飞贼"留下来的。北京的"飞贼"做了案，就到五凤楼天花板上藏着，谁也找不着——那倒是，谁能搜到这样的地方呢？老工友们说，"飞贼"用一根麻绳，一头系一个大铁钩，一甩麻绳，把铁钩搭在城垛子上，三把两把，就"就"上来了。这种情形，他们谁也不会见过，但是言之凿凿。这种燕子李三式的人物引起老工友们美

春初新韭　秋末晚菘
汪曾祺散文精选

丽的向往，因为他们都已经老了，而且有的已经半身不遂。

　　"历史博物馆"名目很大，但是没有多少藏品，东边的马道里有两尊"将军炮"，是很大的铜炮，炮管有两丈多长。一尊叫作"武威将军炮"，另一尊叫什么将军炮，忘了，据说张勋复辟时曾起用过两尊将军炮，有的老工友说他还听到过军令："传武威将军炮！"传"××将军炮！"是谁传？张勋，还是张勋的对立面？说不清。马道拐角处有一架李大钊烈士就义的绞刑机。据说这架绞刑机是德国进口的，只用过一次。为什么要把这东西陈列在这里呢？我们在写说明卡片时，实在不知道如何下笔。

　　城楼（我们习惯叫作"正殿"）里保留了皇上的宝座。两边铁架子上挂着十多件袁世凯祭孔用的礼服，黑缎的面料，白领子，式样古怪，道袍不像道袍。这一套服装为什么陈列在这里，也莫名其妙。

　　四个方亭子陈列的都是没有多大价值，也不值什么钱的文物：不知道来历的墓志、烧瘫在"匣"里的钧窑瓷碗、清代的"黄册"（为征派赋役编造的户口册），殿试的卷子、大臣的奏折……西北角一间亭子里陈列的东西却有点特别，是多种刑具。有两把杀人用的鬼头刀，都只有一尺多长。我这才知道杀头不是用力把脑袋砍下来，而是用"巧劲"把脑袋"切"下来。最引人注意的是一套凌迟用的刀具，装在一个木匣里，有一二十把，大小不一。还有一把细长的锥子。据说受凌迟的人挨了很多刀，还不会死，最后要用这把锥子刺穿心脏，才会气绝。中国的剐刑搞得这样精细而科学，真是令人叹为观止。

整天和一些价值不大、不成系统的文物打交道，真正是"抱残守缺"。日子过得倒是蛮清闲的。白天检查检查仓库，更换更换说明卡片，翻翻资料，都是可做可不做的事情。下班后，到左掖门外筒子河边看看算卦的算卦，——河边有好几个卦摊；看人叉鱼，——叉鱼的沿河走，捏着鱼叉，欻地一叉下去，一条二尺来长的黑鱼就叉上来了。到了晚上，天安门、端门、左右掖门都关死了，我就到屋里看书。我住的宿舍在右掖门旁边，据说原是锦衣卫——就是执行廷杖的特务值宿的房子。四外无声，异常安静。我有时走出房门，站在午门前的石头坪场上，仰看满天星斗，觉得全世界都是凉的，就我这里一点是热的。

北平一解放，我就告别了午门，参加四野南下工作团南下了。从此就再也没有到午门去看过，不知道午门现在是什么样子。

有一件事可以记一记。解放前一天，我们正准备迎接解放，来了一个人，说："你们赶紧收拾收拾，我们还要办事呢！"他是想在午门上登基。这人是个疯子。

一九八六年一月九日

载一九八六年第五期《北京文学》

玉渊潭的传说

　　玉渊潭公园范围很大。东接钓鱼台，西到三环路，北靠白堆子、马神庙，南通军事博物馆。这个公园的好处是自然，到现在为止，还不大像个公园，——将来可不敢说了。没有亭台楼阁、假山花圃。就是那么一片水，好些树。绕湖边长堤，转一圈得一个多小时。湖中有堤，贯通南北，把玉渊潭分为西湖和东湖。西湖可游泳，东湖可划船。湖边有很多人钓鱼，湖里有人坐了汽车内胎扎成的筏子撒网。堤上有人遛鸟。有两三处是鸟友们"会鸟"的地方。画眉、百灵，叫成一片。有人打拳、做鹤翔桩、跑步。更多的人是遛弯儿的。遛弯有几条路线，所见所闻不同。常遛的人都深有体会。有一位每天来遛的常客，以为从某处经某处，然后出玉渊潭，最有意思。他说："这

春初新韭　秋末晚菘
　　汪曾祺散文精选

个弯儿不错。"

每天遛弯儿，总可遇见几位老人。常见，面熟了，见到总要点点头："遛遛？"——"吃啦？"——"今儿天不错，——没风！"……

几位老人都已经八十上下了。他们是玉渊潭的老住户，有的已经住了几辈子。他们原来都是种地的，退休了。身子骨都挺硬朗。早晨，他们都绕长堤遛弯儿。白天，放放奶羊、莳弄莳弄巴掌大的一块菜地、摘一点喂鸡的猪儿草。晚饭后大都聚在湖北岸水闸旁边聊天。尤其是夏天，常常聊到很晚。这地方凉快。

我听他们聊，不免问问玉渊潭过去的事。

他们说玉渊潭原本是一片荒地，没有什么人来。只有每年秋天，热闹几天。城里很多人到玉渊潭来吃烤肉，——北京人不是讲究"贴秋膘"吗？各处架起烤肉炙子，烧着柴火，烤肉的香味顺风飘得老远……

秋高气爽，到野地里吃烤肉，瞧瞧湖水，闻着野花野草的清香，确实是一件乐事。我倒愿意这种风气能够恢复。不过，很难了！

老人们说：这玉渊潭原本是私人的产业，是张××的（他们把这个姓张的名字叫得很真凿，我曾经记住，后来忘了）。那会儿玉渊潭就是当中有一条陆地，种稻子。

土肥水好，每年收成不错，玉渊潭一带的人，种的都是张家的地。

他们说：不但玉渊潭，由打阜成门，一直到现在的三环路，都是张××的，他一个人的。

（这可能么？）

这张××是怎么发的家呢？他是做"供"的。早年间北京人订供，不是一次给钱，而是分期给，按时给，从正月给到腊月，年底下就能捧回去一盘供。这张××收了很多家的钱，全花了。到了年根，要面没面，要油没油，拿什么给人家呀！他着急呀，睡不着觉。迷迷糊糊地，着了。做了一个梦。梦里听见有人跟他说：张××，哪儿哪儿有你的油，你的面，你去拉吧！他醒来，到了那儿，有一所房，里面有油，有面。他就赶着车往外拉。怎么拉也拉不完。怎么拉，也拉不完。起那儿，他就发了大财了！

这个传说当然不可信，情节也比较一般化。不过也还有点意思。从这个传说让我了解了几件事。

第一，北京人家过年，家家都要有一盘供。南方人也许不知道什么是"供"。供，就是面搋成指头粗的条，在油里炸透，蘸了蜂蜜，堆成宝塔形，供在神案上的一种甜食。这大概本来是佛教敬奉释迦牟尼的东西，而且本来可能是庙里制作的。《红楼梦》第一回写葫芦庙中炸供，和尚不小心，油锅火逸，造成火灾，可为旁证。不过《红楼梦》写炸供是在三月十五，而北京人家摆供则在大年初一，季节不同。到后来，就不只是敬给释迦牟尼了，天上地下，各教神仙都有份。似乎一切神佛都爱吃甜东西。其实爱吃这种甜食的是孩子。北京的孩子大概都曾乘大人看不见的时候，偷偷地掰过供尖吃。到了撤供的时候，一盘供就会矮了一截。现在过年的时候，没有人家摆供了，不过点心铺里还有"蜜供"卖，只是不复堆成宝塔形，而是一疙瘩一块的。很甜，有一点蜜香。

第二，我这才知道，北京人家订供，用的是这种"分期付款"的办法。分期付款，我原以为是外国传来的，殊不知中国，北京，古已有之。所不同的，现在的分期付款是先取了东西，再陆续付钱，订供则是先钱后货。小户人家，到年底一次拿出一笔钱来办供，有些费劲，这样零揪着按月交钱，就轻松多了；做供的呢，也可以攒了本钱，从容备料。买主卖主，两得其便。这办法不错！

第三，这几位老人对这传说毫不怀疑。他们是当真事儿说的。他们说张××实有其人，他们说他就住在三环路的南边。他们说北京人有一句话："你有钱！——你有钱能比得了张××吗？"这几位老人都相信：人要发财，这是天意，这是命。因此，他们都顺天而知命，与世无争，不作非分之想。他们勤劳了一辈子，恬淡寡欲，心平气和。因此，他们都长寿。

一九八六年一月十三日

载一九八六年第五期《北京文学》

钓　鱼　台

　　我在钓鱼台西边住了好几年，不知道钓鱼台里面是什么样子。

　　钓鱼台原是一片野地，清代，清明前后，偶尔有闲散官员爱写写诗的，携酒来游。这地方很荒凉，有很多坟。张问陶《船山诗草闰·二月十六日清明与王香圃徐石溪查苗圃小山兄弟携酒游钓鱼台看桃花归过白云观法源寺即事二首》云："荒坟沿路有，浮世几人闲"。可证。这里的景致大概是："柳枝漠漠笼青烟，山桃欲开红可怜。人声渐远波声小，一片明湖出林杪"（《船山诗草·十九日习之招国子卿竹堂稚存琴山质夫立凡携酒游钓鱼台》）。不知道从什么时候起，逐渐营建，最后成了国宾馆。

钓鱼台的周围原来是竹竿扎成的篱笆，竹竿上涂绿油漆，从篱笆窟窿中约略可见里面的房屋树木。"文化大革命"初期，不是一九六六年就是一九六七年，改筑了围墙，里面就什么也看不见了。围墙上安了电网，隔不远有一个红灯泡。晚上红灯一亮，瞧着有点瘆人。围墙东面、北面各开一座大门。东面大门里是一座假山；北面大门里砌了一个很大的照壁，遮住行人的视线。照壁上涂了红漆，堆出五个笔势飞动的金字："为人民服务"。门里安照壁，本是常事，但是这五个字用在这里，似乎不怎么合适。为什么搞得这样戒备森严起来了呢？原因之一，是江青常常住在这里，"文化大革命"的许多重大决策都是由这里做出的。不妨说，这是"文革"的策源地。我每天要从"为人民服务"之前经过，觉得照壁后面，神秘莫测。

我们街坊有两个孩子爬到五楼房顶上拿着照相机对着钓鱼台拍照，刚按快门，这座楼已经被钓鱼台的警卫围上了。

钓鱼台原来有一座门，靠南边，朝西，像一座小城门，石头额上有三个馆阁体的楷书："钓鱼台"。附近的居民称之为"古门"。这座门正对玉渊潭。玉渊潭和钓鱼

春初新韭　秋末晚菘
汪曾祺散文精选

台原是一体。张问陶诗中的"一片明湖出林杪",指的正是玉渊潭。玉渊潭有一条贯通南北的堤,把潭分成东西两半,堤中有水闸,东西两湖的水是相通的。原来潭东、潭西和当中的土堤都是可以走人的。自从江青住进钓鱼台之后,把挨近钓鱼台的东湖沿岸都安了带毛刺的铁丝网,——老百姓叫它"铁蒺藜"。铁蒺藜是钉在沿岸的柳树上的。这样,东湖就成了禁地。行人从潭中的堤上走过时,不免要向东边看一眼,看看可望而不可即的钓鱼台,沉沉烟霭,苍苍树木。

"四人帮"垮台后,铁蒺藜拆掉了,东湖解放了。湖中有人划船、钓鱼、游泳。东堤上又可通行了。很多人散步、练气功、遛鸟。有些游人还爱扒在"古门"的门缝上往里看。警卫的战士看到,也并不呵斥。有一年,修缮西南角的建筑,为了运料方便,打开了古门,人们可以看到里面的"养元斋",一湾流水,几块太湖石,丛竹高树。钓鱼台不再那么神秘了。

原来的铁蒺藜有的是在柳树上箍一个圈,再用钉子钉上的,有一棵柳树上的铁蒺藜拆不净,因为它已经长进树皮里,拔不出来了。这棵柳树就带着外面拖着一截的铁蒺藜往上长,一天比一天高。这棵带着铁蒺藜的树,是"四人帮"作恶的一个历史见证。似乎这也像经了"文化大革命"一通折腾之后的中国人。

一九八七年八月十七日

春初新韭 秋末晚菘
汪曾祺散文精选

字 的 灾 难

北京人遭到一场字的灾难。

从前在北京上街，遇不到这样多的字。看到一些字，是很愉快的。到琉璃厂一带看看"青藜阁"之类的旧书店、各家南纸店的招牌，是一种享受。这些匾大小合适，制作讲究而朴素，字体清雅无火气。

经过卖藤萝饼的"正明斋"，卖帽子的"同陞和"，招牌上骨力强劲而并不霸悍的大字会使人放慢脚步，多看两眼。许多不大的铺子门前，还能看到"有匾皆书垿"的王垿的稍带行书笔意的欧体字，虽多，但不俗。东单牌楼香烛店的"细心坚烛、诚意高香"，西单牌楼桂香村的"味珍鸡蹜、香渍豚蹄"，那字也看得过去。就是煤铺门外粉壁上的"乌金墨玉、石火光恒"，写的也并非"酱肘子字"，北京牌匾的字多可看，让人觉得北京真是"文化城"，有文化。

现在可不然了。满街都是字。许多店铺把所卖的货物用红漆写在门前的白墙上，更多的是用塑料刻的字反贴在橱窗的大玻璃上。一个五金交电公司，可以把阀门、导管、扁线、圆线、开关、变压器……一塌刮子都标明在橱窗上，写得满满的。这是干什么？如果是中药店呢？是不是要把人参、鹿茸、甘草、黄芪、防风、连翘、肉桂、厚朴、槟榔、通草、福橘络、菟丝子……都写在橱窗上？再加上到处的菜摊都用竖立的黑板，白粉大书："芫"；所有的小饭馆都在门外矗着一个红漆的牌子，用黄色的广告色写道："涮羊肉"，于是北京到处是字，喧嚣哄闹，一塌糊涂。

"文化大革命"以后，逐渐恢复了请人写招牌的风气，这本是好事。我很欣赏天桥实惠餐馆的一块很小的匾，黑地绿字，写的是繁体字，笔画如兰叶，稍带分书笔意，却不作蚕头燕尾，字体微长，横平竖直，很雅致。大字里最好的我以为是"懋隆"，只有两个字。这两个字笔画都多，本不好摆，但是位置摆得恰好，很稳，而且笔到墨到，流畅饱满。我最初怀疑这是集的郑孝胥的字，后来看落款，是赵朴初写的（落款有损"画面"的完整，没有原来的好看了）。赵朴老的匾还有一块写得很好的是"功德林"（这是一个素菜馆）。启功写的匾，我以为最好看的是"洞庭春酒家"，不大，黑地金字，放在一个垂花门里，真是美极了。启功老的字书生气重，放得太大，易显得单薄，这样大小正合适。陈叔老（亮）的字功力深厚。虽枯实腴，但笔稍瘦，又喜作行草，于牌匾不甚相宜。如为"鸿霞"写的一块，字很好，但那"霞"字写得很草，恐怕很多人不认得。近二三年，写的字在商店、公司、餐厅间最时兴的，似是刘炳森和李铎。他们是中年书法家。刘炳森的字我在京西宾馆看过两个条幅，隶书，规规矩矩，笔也提得起，是汉隶，很不错。但是他写的招牌笔却是扁的，完全如包世臣所说"毫铺纸上"，不知是写时即是这样，还是做招牌做成了这样？他的字常被用氧化铝这类的金属贴面，表面平滑，锃光瓦亮，越发显得笔很扁。隶书是不宜用这样的"工艺"处理的。

李铎的字我在卧龙冈武侯祠看到过一副对联，字很潇洒，用笔犹有晋人意（不知我有没有记错）。但他近年的字变了，用笔掠转，结体险怪，字有怒气。这种字写八尺甚至丈二匹的大横幅，很有气势，但作商店的招牌不甚相宜。抬头看见几个愤愤不平的大字，也许会使顾客望而却步。

刘炳森和李铎的字在商业界似乎已经产生一种迷信，似乎有了这样的字的招牌，这个买卖才算个像样的买卖，有如过去上海的银楼、绸缎庄都得请武进唐驼写一块匾，天津则粮食店、南货店都得请华世奎写一样。刘炳森和李铎应该意识到自己的社会责任，除了照顾老板、经理的商业心理（他们的字写成某种样子可能受了买主的怂恿），也照顾一下市民的审美心理。你们有没有意识到，你们的字对北京的市容是有影响的？

　　北京街上字多，而且越来越大，五颜六色，金光闪闪，这反映了北京人的一种浮躁的文化心理。希望北京的字少一点，小一点，写得好一点，使人有安定感，从容感。这问题的重要性不下于加强绿化。

载一九八八年六月五日《光明日报》

和　尚

铁　桥

我父亲续娶，新房里挂了一幅画——一个条山，泥金底，画的是桃花双燕，题字是："淡如仁兄新婚志喜弟铁桥遥贺"；两边挂了一副虎皮宣的对联，写的是：

> 蝶欲试花犹护粉
> 莺初学转尚羞簧

落款是杨遵义。我每天看这幅画和对子，看得很熟了。稍稍长大，便觉出这副对子其实是很"黄"的。杨遵义是我们县的书家，是我的生母的过房兄弟。一个舅爷为姐夫（或妹夫）续弦写了这样一副对子，实在不成体统。铁桥是一个和尚。我父亲在新房里挂了一幅和尚的画，全无忌讳；这位铁桥和尚为朋友结婚画了这样华丽的画，且和俗家人称兄道弟，也着实有乖出家人的礼教。我父亲年轻时的朋友大都有些放诞不羁。

我写过一篇小说《受戒》，里面提到一个和尚石桥，原型就是铁桥。他是我父亲年轻时的画友。他在本县最大的寺庙善因寺出家，是指南方丈的徒弟。指南戒行严苦，曾在香炉里烧掉两个指头，自称八指头陀。铁桥和师父完全是两路。他一度离开善因寺，到江南云游。曾在苏州一个庙里住过几年。因此他的一些画每署"邓尉山僧"，或题"作于香雪海"。后来又回善因寺。指南退居后，他当了方丈。善因寺是本县第一大寺，殿宇精整，庙产很多。管理这样一个大庙，是要有点才干的，但是他似乎很清闲，每天就是画画画，写写字。他的字写石鼓，学吴昌硕，很有功力。画法任伯年，但比任伯年放得开。本县的风雅子弟都乐与往还。善因寺的素斋极讲究，有外面吃不到的猴头、竹荪。

铁桥有一个情人，年纪很轻，长得清清雅雅，不俗气。

一九八二年，我回了家乡一趟，饭后散步想去看看善因寺的遗址，一点都认不出来了，拆得光光的。

因为要查一点资料，我借来一部民国年间修的县志翻了两天。在"水利"卷中发现：有一条横贯东乡的水渠，是铁桥主持修的。哦？铁桥还做过这样的事？

静融法师

我有一方很好的图章，田黄"都灵坑"，犀牛纽，是一个和尚送给我的。印文也是他自刻的，朱文，温雅似浙派，刻得很不错（田黄的印不宜刻得太"野"，和石质不相称）。这个和尚法名静融，一九五一年和我一同到江西参加土改，回北京后。送了我这块图章。章不大，约半寸见方（田黄大的很少），我每为人作小幅字画，常押用，算来已经三十七八年了。

这次土改是全国性的，也是最后的一次，规模很大。我们那个土改工作团分到江西进贤。这个团的成员什么样的人都有。有大学教授、小学校长、中学教员、商业局的、园林局的、歌剧院的演员、教会医院的医生、护士长，还有这位静融法师。浩浩荡荡，热热闹闹。

我和静融第一次有较深的接触，是说服他改装。他参加工作团时穿的是僧衣——比普通棉袄略长的灰色斜领棉衲。到了进贤，在县委学文件，领导上觉得他穿了这样的服装下去，影响不好，决定让他换装。静融不同意，很固执。找他谈了几次话，都没用。后来大家建议我找他谈谈，说是他跟我似乎很谈得来。我不知道跟他说了一通什么把马列主义和佛教教义混杂起来的歪道理，居然把他说服了。其实不是我的歪道理说服了他，而是我的态度较好，劝他一时从权，不像别的同志，用"组织性""纪律性"来压他。静融临时买了一套蓝咔叽布的干部服，换上了。

我们的小组分到王家梁。一进村，就遇到一个难题：一个恶霸富农自杀了。这个地方去年曾经搞过一次自发性的土改，这个恶霸富农被农民打得残废了，躺在床上一年多，听说土改队进了村，他害怕斗争，自杀了。他自杀的办法很特别，用一根扎腿的腿带，拴在竹床的栏杆上，勒住脖子，躺着，死了。我还没有听说过人躺着也是可以吊死的。我们对这种事毫无经验，不知应该怎么办。静融走上去，左右开弓打了富农两个大嘴巴，说："埋了！"我问静融："为什么要打他两个嘴巴？"他说："这是法医验尸的规矩。"原来他当过法医。

静融跟我谈起过他的身世。他是胶东人。除了当过法医，他还教过小学，抗日战争时期拉过一支游击队，后来出了家。在北京，他住在动物园后面的一个庙里（是五塔寺么）。北京解放，和尚都要从事生产。他组织了一

春初新韭 秋末晚菘
汪曾祺散文精选

个棉服厂，主办一切。这人的生活经历是颇为复杂的。可惜土改工作紧张，能够闲谈的时候不多，我所知者，仅仅是这些。

静融搞土改是很积极的。我实在不知道他是怎样把阶级斗争和慈悲为本结合起来的，他的社会经验多，处理许多问题都比我们有办法。比如算剥削账，就比我们算得快。

我一直以为回北京后能有机会找他谈谈，竟然无此缘分。他刻了一方图章，到我家来，亲自送给我，未接数言，匆匆别去。我后来一直没有再看到过他。

静融瘦瘦小小，但颇精干利索。面黑，微有几颗麻子。

阎和尚

阎长山（北京市民叫"长山"的特多）是剧院舞台工作队的杂工，但是大家都叫他阎和尚。

我很纳闷："为什么叫他阎和尚？"

"他是当过和尚。"

我刚到北京时，看到北京和尚，以为极奇怪。他们不出家，不住庙，有家，有老婆孩子。他们骑自行车到人家去念佛。他们穿了家常衣服，在自行车后架上夹了一个包袱，里面是一件行头——袈裟，到了约好的人家，把袈裟一披，就和别的和尚一同坐下念经。事毕得钱，骑车回家吃炸酱面。阎和尚就是这样的和尚。

阎和尚后来到剧院当杂工，运运衣箱道具，也烧过水锅，管过"彩匣子"（化妆用品），但并不讳言他当过和尚。剧院很多人都干过别的职业。一个唱二路花脸的在搭不上班的年头卖过鸡蛋，后来落下一个外号："大鸡蛋"。一个检场的卖过煳盐。早先北京有人刷牙不用牙膏牙粉，而用炒煳的盐，这一天能卖多少钱？有人蹬过三轮，拉过排子车。剧院这些人干过小买卖、卖过力气，都是为了吃饭。阎和尚当过和尚，也是为了吃饭。

载一九八九年第五期《今古传奇》

人 间 草 木

山丹丹

我在大青山挖到一棵山丹丹。这棵山丹丹的花真多。招待我们的老堡垒户看了看，说："这棵山丹丹有十三年了。"

"十三年了？咋知道？"

"山丹丹长一年，多开一朵花。你看，十三朵。"

山丹丹记得自己的岁数。

我本想把这棵山丹丹带回呼和浩特，想了想，找了把铁锹，把老堡垒户的开满了蓝色党参花的土台上刨了个坑，把这棵山丹丹种上了。问老堡垒户：

"能活？"

"能活。这东西，皮实。"

大青山到处是山丹丹，开七朵花、八朵花的，多的是。

山丹丹开花花又落，

一年又一年……

这支流行歌曲的作者未必知道，山丹丹过一年多开一朵花。唱歌的歌星就更不会知道了。

枸　杞

枸杞到处都有。枸杞头是春天的野菜。采摘枸杞的嫩头，略焯过，切碎，与香干丁同拌，浇酱油醋香油；或入油锅爆炒，皆极清香。夏末秋初，开淡紫色小花，谁也不注意。随即结出小小的红色的卵形浆果，即枸杞子。我的家乡叫作狗奶子。

我在玉渊潭散步，在一个山包下的草丛里看见一对老夫妻弯着腰在找什么。他们一边走，一边搜索。走几步，停一停，弯腰。

"您二位找什么？"

"枸杞子。"

"有吗？"

春初新韭　秋末晚菘
汪曾祺散文精选

老同志把手里一个罐头玻璃瓶举起来给我看，已经有半瓶了。

"不少！"

"不少！"

他解嘲似的哈哈笑了几声。

"您慢慢捡着！"

"慢慢捡着！"

看样子这对老夫妻是离休干部，穿得很整齐干净，气色很好。

他们捡枸杞子干什么？是配药？泡酒？看来都不完全是。真要是需要，可以托熟人从宁夏捎一点或寄一点来。——听口音，老同志是西北人，那边肯定会有熟人。

他们捡枸杞子其实只是玩！一边走着，一边捡枸杞子，这比单纯的散步要有意思。这是两个童心未泯的老人，两个老孩子！

人老了，是得学会这样的生活。看来，这二位中年时也是很会生活，会从生活中寻找乐趣的。他们为人一定很好，很厚道。他们还一定不贪权势，甘于淡泊。夫妻间一定不会为柴米油盐、儿女婚嫁而吵嘴。

从钓鱼台到甘家口商场的路上，路西，有一家的门头上种了很大的一丛枸杞，秋天结了很多枸杞子，通红通红的，礼花似的，喷泉似的垂挂下来，一个珊瑚珠穿成的华盖，好看极了。这丛枸杞可以拿到花会上去展览。这家怎么会想起在门头上种一丛枸杞？

槐 花

玉渊潭洋槐花盛开，像下了一场大雪，白得耀眼。来了放蜂的人。蜂箱都放好了，他的"家"也安顿了。一个刷了涂料的很厚的黑色的帆布篷子。里面打了两道土堰，上面架起几块木板，是床。床上一卷铺盖。地上排着油瓶、酱油瓶、醋瓶。一个白铁桶里已经有多半桶蜜。外面一个蜂窝煤炉子上坐着锅。一个女人在案板上切青蒜。锅开了，她往锅里下了一把干切面。不大会儿，面熟了，她把面捞在碗里，加了佐料、撒上青蒜，在一个碗里舀了半勺豆瓣。一人一碗。她吃的是加了豆瓣的。

蜜蜂忙着采蜜，进进出出，飞满一天。

我跟养蜂人买过两次蜜，绕玉渊潭散步回来，经过他的棚子，大都要在他门前的树墩上坐一坐，抽一支烟，看他收蜜，刮蜡，跟他聊两句，彼此都熟了。

这是一个五十岁上下的中年人，高高瘦瘦的，身体像是不太好，他做事总是那么从容不迫，慢条斯理的。

样子不像个农民，倒有点像一个农村小学校长。听口音，是石家庄一带的。他到过很多省。哪里有鲜花，就到哪里去。菜花开的地方，玫瑰花开的地方，苹果花开的地方，枣花开的地方。每年都到南方去过冬，广西、贵州。到了春暖，再往北翻。我问他是不是枣花蜜最好，他说是荆条花的蜜最好。这很出乎我的意料。荆条是个不起眼的东西，而且我从来没有见过荆条开花，想不到荆条花蜜却是最好的蜜。我想他每年收入应当不错。他说比一般农民要好一些，但是也落不下多少：蜂具，路费；而且每年要赔几十斤白糖——蜜蜂冬天不采蜜，得喂它糖。

女人显然是他的老婆。不过他们岁数相差太大了。他五十了，女人也就是三十出头。而且，她是四川人，说四川话。我问他：你们是怎么认识的？他说：她是新繁县人。那年他到新繁放蜂，认识了。她说北方的大米好吃，就跟来了。

有那么简单？也许她看中了他的脾气好，喜欢这样安静平和的性格？也许她觉得这种放蜂生活，东南西北到处跑，好耍？这是一种农村式的浪漫主义。四川女孩子做事往往很洒脱，想咋个就咋个，不像北方女孩子有那么多考虑。他们结婚已经几年了。丈夫对她好，她对丈夫也很体贴。她觉得她的选择没有错，很满意，不后悔。

我问养蜂人：她回去过没有？他说：回去过一次，一个人，他让她带了两千块钱，她买了好些礼物送人，风风光光地回了一趟新繁。

一天，我没有看见女人，问养蜂人，她到哪里去了。养蜂人说，到我那大儿子家去了，去接我那大儿子的孩子。他有个大儿子，在北京工作，在汽车修配厂当工人。

她抱回来一个四岁多的男孩，带着他在棚子里住了几天。她带他到甘家口商场买衣服，买鞋，买饼干，买冰糖葫芦。男孩子在床上玩鸡啄米，她靠着被窝用钩针给他勾一顶大红的毛线帽子。她很爱这个孩子。这种爱是完全非功利的，既不是讨丈夫的欢心，也不是为了和丈夫的儿子一家搞好关系。这是一颗很善良，很美的心。孩子叫她奶奶，奶奶笑了。

过了几天，她把孩子又送了回去。

过了两天，我去玉渊潭散步，养蜂人的棚子拆了，蜂箱集中在一起。等我散步回来，养蜂人的大儿子开来一辆卡车，把棚柱、木板、煤炉、锅碗和蜂箱装好，养蜂人两口子坐上车，卡车开走了。

玉渊潭的槐花落了。

载一九九〇年第三期《散文》

傻　子

这一带有好几个傻子

一个是我们楼的傻八子。傻八子的妈生过八个孩子，他最小。傻八子两只小圆眼睛，鼻梁很低，几乎没有。他一天在人行道上走来走去，走得很慢，一步，一步，因为他很胖，肚子很大，走不快。他不停地自言自语。他妈说他爱"嘚啵"。我问他妈："嘚啵什么？"——"电视、电视上听来的！"我注意听过，不知道说些什么，经常说的是："你给我站住！……"似乎他的"嘚啵"是有个对象的。"嘚啵"几句，又呵呵地笑一阵。他还爱唱，没腔没调，没有字眼，声音像一张留声机的坏唱盘："咦……啊……嘞……"他有时倒吸气发出母猪一样的声音，这一带的孩子把这种声音叫作"打猪吭"。他不是什么都不明白，一边"嘚啵"着，见了熟人，也打招呼："回来啦！"——"报纸来啦！"熟人走过，接着"嘚啵"。

他大哥要把他送到福利院去，——福利院是收容傻子的地方，他妈舍不得。

亚运会期间，街道办事处把他捆起来，送进福利院关了几天。亚运会结束，又放了回来。傻八子为此愤愤不平："捆我！"

我问过傻八子："你怎么不结婚？"傻八子用手指指他的太阳穴："这儿，坏啦！"

附近有一个女傻子，喜欢上了傻八子，要嫁给他。傻八子妈不同意，说："俩傻子，怎么弄！"

我们楼有个女的，是开发廊的，爱打扮，细长眼，涂眼影，画嘴唇，穿的衣服很"港"。有一天这女的要到传达室打电话，下台阶时，从傻八子旁边擦身而过，傻八子跟她不知呜噜呜噜说了句什么。我问女的，"他跟你说什么？"——"他说我没穿袜子。"我这才注意到女的趿了一双很精致的拖鞋。傻八子会注意好看的女人，注意到她的脚，他并不彻底的傻。

另一个傻子家在蒲黄榆拐角的胡同里，小个子，精瘦精瘦地，老是抱着肩膀匆匆忙忙地在这一带不停地走，嘴里也"嘚啵"，但是声音小，不像傻八子大声"嘚啵"。

匆匆忙忙地走着："嘚啵"着，一时吃吃地笑。

蒲安里有个小傻子，也就是十五六岁，长得挺好玩，又白又胖。夏天，光着上身，一身白肉；圆滚滚的肚子上挂着一条极肥大的白裤衩，在粮店和副食店之间的空地上，甩着胳臂齐步。见人就笑脸相迎，大声招呼："你好！"——"你好！"

有一个傻子有四十岁了，穿得很整齐干净，他不"嘚啵"，只是一脸的忧郁，在胡同口抱着胳臂，低头注视着地面，一动不动。

北京从前好像没有那么多傻子，现在为什么这么多？

一九九二年六月十日

大 妈 们

我们楼里的大妈们都活得有滋有味，使这座楼增加了不少生气。

许大妈是许老头的老伴，比许老头小十几岁，身体挺好，没听说她有什么病。生病也只有伤风感冒，躺两天就好了。她有一根花椒木的拐杖，本色，很结实，但是很轻巧，一头有两个杈，像两个小犄角。她并不用它来拄着走路，而是用来扛菜。她每天到铁匠营农贸市场去买菜，装在一个蓝布兜里，把布兜的袢套在拐杖的小犄角上，扛着。她买的菜不多，多半是一把韭菜或一把茴香。走到刘家窑桥下，坐在一块石头上，把菜倒出来，择菜。择韭菜、择茴香。择完了，抖落抖落，把菜装进布兜，又用花椒木拐杖扛起来，往回走。她很和善，见人也打招呼，笑笑，但是不说话。她用拐杖扛菜，不是为了省劲，好像是为了好玩。到了家，过不大会，就听见她乒乒乓乓地剁菜。剁韭菜，剁茴香。她们家爱吃馅儿。

奚大妈是河南人，和传达室小邱是同乡，对小邱很关心，很照顾。她最放不下的一件事，是给小邱张罗个媳妇。小邱已经三十五岁，还没有结婚。她给小邱张罗过三个对象，都是河南人，是通过河南老乡关系间接认识的。第一个是奚大妈一个村的。事情已经谈妥，这女的已经在小邱床上睡了几个晚上。一天，不见了，跟在附近一个小旅馆里住着的几个跑买卖的山西人跑了。第二个在一个饭馆里当服务员。也谈得差不多了，女的说要回家问问哥哥的意见。小邱给她买了很多东西：衣服，料子、鞋、头巾……借了一辆平板三轮，装了半车，蹬车送她上火车站。不料一去再无音信。第三个也是在饭馆里当服务员的，长得很好看，高颧骨，大眼睛，身材也很苗条。就要办事了，才知道这女的是个"石女"。奚大妈叹了一口气："唉！这事儿闹的！"

江大妈人非常好，非常贤惠，非常勤快，非常爱干净。她家里真是一尘不染。她整天不断地擦、洗、掸、扫。她的衣着也非常干净，非常利索。裤线总是笔直的。她爱穿坎肩，铁灰色毛涤纶的，深咖啡色薄呢的，都熨熨帖帖。她很注意穿鞋，鞋的样子都很好。她的脚很秀气。她已经过六十了，近看脸上也有皱纹了，但远远一看，说是四十来岁也说得过去。她还能骑自行车，出去买东西，买菜，都是骑车去。看她跨上自行车，一踩脚蹬，哪像是已经有了四岁大的孙子的人哪！她平常也不大出门，老是不停地收拾屋子。她不是不爱理人，有时也和人聊聊天，说说这楼里的事，但语气很宽厚，不嚼老婆舌头。

顾大妈是个胖子。她并不胖得腮帮的肉都往下掉，只是腰围很粗。她并不步履蹒跚，只是走得很稳重，因为搬运她的身体并不很轻松。她面白微黄，眉毛很淡。头发稀疏。但是总是梳得很整齐服帖。她原来在一个单位当出纳，是干部。退休了，在本楼当家属委员会委员，也算是干部。家属委员会委员的任务是要换购粮本、副食本了，到各家敛了来，办完了，又给各家送回去。她的干部意识根深蒂固，总觉得自己不是一个家庭妇女。别的大妈也觉得她有架子，很少跟她过话。她爱和本楼的退休了的或尚未退休的女干部说话。说她自己的事。说她的儿女在单位很受器重；说她原来的领导很关心她，逢春节都要来看看她……

在这条街上任何一个店铺里，只要有人一学丁大妈雄赳赳气昂昂走路的神气，大家就知道这学的是谁，于是都哈哈大笑，一笑笑半天。丁大妈的走路，实在是少见。头昂着，胸挺得老高，大踏步前进，两只胳臂前后甩动，走得很快。她头发乌黑，梳得整齐。面色紫褐，发出铜光，脸上的纹路清楚，如同刻出。除了步态，她还有一特别处：她穿的上衣，都是大襟的。料子是讲究的。夏天，派力司；春秋天，平绒；冬天，下雪，穿羽绒服。羽绒服没有大襟的。她为什么爱穿大襟上衣？这是习惯。她原是崇明岛的农民，吃过苦。现在苦尽甘来了。她把儿子拉扯大了。儿子、儿媳妇都在美国，按期给她寄钱。她现在一个人过，吃穿不愁。她很少自己做饭，都是到粮店买馒头，买烙饼，买面条。她有个外甥女，是个时装模特儿，常来看她，很漂亮。这外甥女，楼里很多人都认识。她和外甥女上电梯，有人招呼外甥女："你来了！"——"我每星期都来。"丁大妈说："来看我！"非常得意。丁大妈活得非常得意，因此她雄赳赳气昂昂。

罗大妈是个高个儿，水蛇腰。她走路也很快，但和丁大妈不一样：丁大妈大踏步，罗大妈步子小。丁大妈前后甩胳臂，罗大妈胳臂在小腹前左右摇。她每天"晨练"，走很长一段，扭着腰，摇着胳臂。罗大妈没牙，但是乍看看不出来，她的嘴很小，嘴唇很薄。她这个岁数——她也就是五十出头吧，不应该把牙都掉光了，想是牙有病，拔掉的。没牙，可是话很多，是个连片子嘴。

乔大妈一头银灰色的卷发。天生的卷。气色很好。她活得兴致勃勃。她起得很早，每天到天坛公园"晨练"，打一趟太极拳，练一遍鹤翔功，遛一个大弯。然后顺便到法华寺菜市场买一提兜菜回来。她爱做饭，做北京"吃儿"。蒸素馅包子，炒疙瘩，摇棒子面嘎嘎……她对自己做的饭非常得意。"我蒸的包子，好吃极了！""我炒的疙瘩，好吃极了！""我摇的嘎嘎，好吃极了！"她间长不短去给她的孙子做一顿中午饭。他儿子儿媳妇不跟她一起住，单过。儿子儿媳是"双职工"，中午顾不上给孩子做饭。"老让孩子吃方便面，那哪成！"她爱养花，阳台上都是花。她从天坛东门买回来一大把芍药骨朵，深紫色的。"能开一个月！"

大妈们常在传达室外面院子里聚在一起闲聊天。院子里放着七八张小凳子、小椅子，她们就错错落落地分坐着。所聊的无非是一些家长里短。谁家买了一套组合柜，谁家拉回来一堂沙发，哪儿买的、多少钱买的，她们都打听得很清楚。谁家的孩子上"学前班"，老不去，"淘着哪！"谁家两口子吵架，又好啦，挎着胳臂上游乐园啦！乔其纱现在不时兴啦，现在兴"砂洗"……大妈们有一个好处，倒不搬弄是非。楼里有谁家结婚，大妈们早就在院里等着了。看扎着红彩绸的小汽车开进来，看放鞭炮，看新娘子从汽车里走出来，看年轻人往新娘子头发上撒金银色纸屑……

一九九二年六月十日

载一九九二年《美文》创刊号

胡同文化

——摄影艺术集《胡同之没》序

　　北京城像一块大豆腐，四方四正。城里有大街，有胡同，大街、胡同都是正南正北，正东正西。北京人的方位意识极强。过去拉洋车的，逢转弯处都高叫一声"东去！""西去！"以防碰着行人。老两口睡觉，老太太嫌老头子挤着她了，说"你往南边去一点。"这是外地少有的。街道如是斜的，就特别标明是斜街，如烟袋斜街、杨梅竹斜街。大街、胡同，把北京切成一个又一个方块。这种方正不但影响了北京人的生活，也影响北京人的思想。

　　胡同原是蒙古语，据说原意是水井，未知确否。胡同的取名，有各种来源。有的是计数的，如东单三条、

春初新韭　秋末晚菘
汪曾祺散文精选

东四十条。有的原是皇家储存物件的地方，如皮库胡同、惜薪司胡同（存放柴炭的地方），有的是这条胡同里曾住过一个有名的人物，如无量大人胡同、石老娘（老娘是接生婆）胡同。大雅宝胡同原名大哑巴胡同，大概胡同里曾住过一个哑巴。王皮胡同是因为有一个姓王的皮匠。王广福胡同原名王寡妇胡同。有的是某种行业集中的地方。手帕胡同大概是卖手帕的。羊肉胡同当初想必是卖羊肉的。有的胡同是像其形状的。高义伯胡同原名狗尾巴胡同。小羊宜宾胡同原名羊尾巴胡同。大概是因为这两条胡同的样子有点像羊尾巴，狗尾巴。有些胡同则不知道何所取义，如大绿纱帽胡同。

胡同有的很宽阔，如东总布胡同、铁狮子胡同。这些胡同两边大都是"宅门"，到现在房屋都还挺整齐。有些胡同很小，如耳朵眼胡同。北京到底有多少胡同？北京人说：有名的胡同三千六；没名的胡同数不清。通常提起"胡同"，多指的是小胡同。

胡同是贯通大街的网络。它距离闹市很近，打个酱油，约二斤鸡蛋什么的，很方便，但又似很远。这里没有车水马龙，总是安安静静的。偶尔有剃头挑子的"唤头"（像一个大镊子，用铁棒从当中擦过，便发出"嗡"的一声）、磨剪子磨刀的"惊闺"（十几个铁片穿成一片，摇动作声）、算命的盲人（现在早没有了）吹短笛的声音。这些声音不但不显得喧闹，倒显得胡同里更加安静了。

胡同和四合院是一体。胡同两边是若干四合院连接起来的。胡同、四合院，是北京市民的居住方式，也是北京市民的文化形态。我们通常说北京的市民文化，就是指的胡同文化。胡同文化是北京文化的重要组成部分，即使不是最主要的部分。

胡同文化是一种封闭的文化，住在胡同里的居民大都安土重迁，不大愿意搬家。有在一个胡同里一住住几十年的，甚至有住了几辈子的。胡同里的房屋大都很旧了。"地根儿"房子就不太好，旧房檩、断砖墙。下雨天常是外面大下，屋里小下。一到下大雨，总可以听到房塌的声音，那是胡同里的房子，但是他们舍不得"挪窝儿"，——"破家值万贯"。

四合院是一个盒子。北京人理想的住家是"独门独院"。北京人也很讲究"处街坊"。"远亲不如近邻"。"街坊里道"的，谁家有点事，婚丧嫁娶，都"随"一点"份子"，道个喜或道个恼，不这样就不合"礼数"。但是平常日子，过往不多，除了有的街坊是棋友，"杀"一盘；有的是酒友，到"大酒缸"（过去山西人开的酒铺，都没有桌子，在酒缸上放一块规成圆形的厚板以代酒桌）喝两"个"（大酒缸二两一杯，叫作"一个"）；或是鸟友，不约而同，各晃着鸟笼，到天坛城根、玉渊潭去"会鸟"（会鸟是把鸟笼挂在一处，既可让鸟互相学叫，也互相比赛），此外，"各人自扫门前雪，休管他人瓦上霜"。

北京人易于满足，他们对生活的物质要求不高。有窝头，就知足了。大腌萝卜，就不错。小酱萝卜，那还有什么说的。臭豆腐滴几滴香油，可以待姑奶奶。虾米皮熬白菜，嘿！我认识一个在国子监当过差，伺候过陆润庠、王垿等祭酒的老人，他说："哪儿也比不了北京。北京的熬白菜也比别处好吃，——五味神在北京。"五味神是什么神？我至今考查不出来。但是北京人的大白菜文化却是可以理解的。北京人每个人一辈子吃的大白菜摞起来大概有北海白塔那么高。

北京人爱瞧热闹，但是不爱管闲事。他们总是置身事外，冷眼旁观。北京是民主运动的策源地，"民国"以来，常有学生运动，北京人管学生运动叫作"闹学生"。学生示威游行，叫作"过学生"。与他们无关。

北京胡同文化的精义是"忍"。安分守己，逆来顺受。老舍《茶馆》里的王利发说"我当了一辈子的顺民"，是大部分北京市民的心态。

我的小说《八月骄阳》里写到"文化大革命"，有这样一段对话。

"还有个章法没有？我可是当了一辈子安善良民，从来奉公守法。这会儿，全乱了。我这眼前就跟'下黄土'似的，简直是，分不清东西南北了。"

"您多余操这份儿心。粮店还卖不卖棒子面？"

"卖！"

"还是的。有棒子面就行。……"

我们楼里有个小伙子，为一点儿事，打了开电梯的小姑娘一个嘴巴，我们都很生气，怎么可以打一个女孩子呢！我跟两个上了岁数的老北京（他们是"搬迁户"，原来是住在胡同里的）说，大家应该主持正义，让小伙子当众向小姑娘认错，这二位同声说："叫他认错？门儿也没有！忍着吧！——'穷忍着，富耐着，睡不着眯着'！""睡不着眯着"这话实在太精彩了！睡不着，别烦躁，别起急，眯着，北京人，真有你的！

北京的胡同在衰败，没落。除了少数"宅门"还在那里挺着，大部分民居的房屋都已经很残破，有的地基基础甚至已经下沉，只有多半截还露在地面上。有些四合院门外还保存已失原形的拴马桩、上马石，记录着失去的荣华。有打不上水来的井眼、磨圆了棱角的石头棋盘，供人凭吊。西风残照，衰草离坡，满目荒凉，毫无生气。

看看这些胡同的照片，不禁使人产生怀旧情绪，甚至有些伤感。但是这是无可奈何的事，在商品经济大潮的席卷之下，胡同和胡同文化总有一天会消失的。也许像西安的虾蟆陵，南京的乌衣巷，还会保留一两个名目，使人怅望低回。

　　再见吧，胡同。

一九九三年三月十五日

贴 秋 膘

　　人到夏天，没有什么胃口，饭食清淡简单，芝麻酱面（过水，抓一把黄瓜丝，浇点花椒油）；烙两张葱花饼，熬点绿豆稀粥……两三个月下来，体重大都要减少一点。秋风一起，胃口大开，想吃点好的，增加一点营养，补偿补偿夏天的损失，北方人谓之"贴秋膘"。

　　北京人所谓"贴秋膘"有特殊的含意，即吃烤肉。

　　烤肉大概源于少数民族的吃法。日本人称烤羊肉为"成吉思汗料理"（青木正《中华腌菜谱》里提到），似乎这是蒙古人的东西。但我看《元朝秘史》，并没有看到烤肉。成吉思汗当然是吃羊肉的，"秘史"里几次提到他到了一个什么地方，吃了一只"双母乳的羊羔"。羊羔而是"双母乳"（两只母羊喂奶）的，想必十分肥嫩。一顿吃一只羊羔，这食量是够可以的。但似乎只是白煮，即便是烤，也会是整只的烤，不会像北京的烤肉一样。如果是北京的烤肉，他吃起来大概也不耐烦，觉得不过瘾。我去过内蒙古几次，也没有在草原上吃过烤肉。那么，这是不是蒙古料理，颇可存疑。

北京卖烤肉的，都是回民馆子。"烤肉宛"原来有齐白石写的一块小匾，写得明白："清真烤肉宛"。这块匾是写在宣纸上的，嵌在镜框里，字写得很好，后面还加了两行注脚："诸书无烤字，应人所请自我作古。"

我曾写信问过语言文字学家朱德熙，是不是古代没有"烤"字，德熙复信说古代字书上确实没有这个字。看来"烤"字是近代人造出来的字了。这是不是回民的吃法？我到过回民集中的兰州，到过新疆的乌鲁木齐、伊犁、吐鲁番，都没有见到如北京烤肉一样的烤肉。烤羊肉串是到处有的，但那是另外一种。北京的烤肉起源于何时，原是哪个民族的，已不可考。反正它已经在北京生根落户，成了北京"三烤"（烤肉，烤鸭，烤白薯）之一，是"北京吃儿"的代表作了。

北京烤肉是在"炙子"上烤的。"炙子"是一根一根铁条钉成的圆板，下面烧着大块的劈柴，松木或果木。羊肉切成薄片（也有烤牛肉的，少），由堂倌在大碗里拌好佐料——酱油，香油，料酒，大量的香菜，加一点水，交给顾客，由顾客用长筷子平摊在炙子上烤。"炙子"的铁条之间有小缝，下面的柴烟火气可以从缝隙中透上来，不但整个"炙子"受火均匀，而且使烤着的肉带柴木清香；上面的汤卤肉屑又可填入缝中，增加了烤炙的焦香。过去吃烤肉都是自己烤。因为炙子颇高，只能站着烤，或一只脚踩在长凳上。大火烤着，外面的衣裳穿不住，大都脱得只穿一件衬衫。足蹬长凳，解衣磅礴，一边大口地吃肉，一边喝白酒，很有点剽悍豪霸之气。满屋子都是烤炙的肉香，这气氛就能使人增加三分胃口。平常食量，吃一斤烤肉，问题不大。吃斤半，二斤，二斤半的，有的是。自己烤，嫩一点，焦一点，可以随意。而且烤本身就是个乐趣。

北京烤肉有名的三家：烤肉季，烤肉宛，烤肉刘。烤肉宛在宣武门里，我住在国会街时，几步就到了，常去。有时懒得去等炙子（因为顾客多，炙子常不得空），就派一个孩子带个饭盒烤一饭盒，买几个烧饼，一家子一顿饭，就解决了。烤肉宛去吃过的名人很多。除了齐白石写的一块匾，还有张大千写的一块。梅兰芳题了一首诗，记得第一句是"宛家烤肉旧驰名"，字和诗当然是许姬传代笔。烤肉季在什刹海，烤肉刘在虎坊桥。

从前北京人有到野地里吃烤肉的风气。玉渊潭就是个吃烤肉的地方。一边看看野景，一边吃着烤肉，别是一番滋味。听玉渊潭附近的老住户说，过去一到秋天，老远就闻到烤肉香味。

北京现在还能吃到烤肉，但都改成由服务员代烤了端上来，那就没劲了。我没有去过。内蒙古也有"贴秋膘"的说法，我在呼和浩特就听到过。不过似乎只是汉族干部或说汉语的蒙古族干部这样说。蒙语有没有这说法，不知道。呼市的干部很愿意秋天"下去"考察工作或调查材料。别人就会说："哪里是去考察，调查，是去'贴秋膘'去了。"呼市干部所说"贴秋膘"是说下去吃羊肉去了。但不是去吃烤肉，而是去吃手把羊肉。到了草原，少不了要吃几顿羊肉。有客人来，杀一只羊，这在牧民实在不算什么。关于手把羊肉，我曾写过一篇文章，收入《蒲桥集》，兹不重述。那篇文章漏了一句很重要的话，即羊肉要秋天才好吃，大概要到阴历九月，羊才上膘，才肥。羊上了膘，人才可以去"贴"。

载一九九三年《中国美食家》试刊号

北 京 的 秋 花

桂　花

　　桂花以多为胜。《红楼梦》薛蟠的老婆夏金桂家"单有几十顷地种桂花"，人称"桂花夏家"。"几十顷地种桂花"，真是一个大观！四川新都桂花甚多。杨升庵祠在桂湖，环湖植桂花，自山坡至水湄，层层叠叠，都是桂花。我到新都谒升庵祠，曾作诗：

> 桂湖老桂发新枝，
>
> 湖上升庵旧有祠。
>
> 一种风流谁得似，
>
> 状元词曲罪臣诗。

春初新韭　秋末晚菘
汪曾祺散文精选

杨升庵是才子，以一甲一名中进士，著作有七十种。他因"议大礼"获罪，充军云南，七十余岁，客死于永昌。陈老莲曾画过他的像，"醉则簪花满头"，面色酡红，是喝醉了的样子。从陈老莲的画像看，升庵是个高个儿的胖子。但陈老莲恐怕是凭想象画的，未必即像升庵。新都人为他在桂湖建祠，升庵死若有知，亦当欣慰。

　　北京桂花不多，且无大树。颐和园有几棵，没有什么人注意。我曾在藻鉴堂小住，楼道里有两棵桂花，是种在盆里的，不到一人高！

　　我建议北京多种一点桂花。桂花美阴，叶坚厚，入冬不凋。开花极香浓，干制可以做元宵馅、年糕。既有观赏价值，也有经济价值，何乐而不为呢？

菊　花

　　秋季广交会上摆了很多盆菊花。广交会结束了，菊花还没有完全开残。有一个日本商人问管理人员："这些花你们打算怎么处理？"答云："扔了！"——"别扔，我买。"他给了一点钱，把开得还正盛的菊花全部包了，订了一架飞机，把菊花从广州空运到日本，张贴了很大的海报："中国菊展"。卖门票，参观的人很多。他捞了一大笔钱。

这件事叫我有两点感想：一是日本商人真有商业头脑，任何赚钱的机会都不放过，我们的管理人员是老爷，到手的钱也抓不住。二是中国的菊花好，能得到日本人的赞赏。

中国人长于艺菊，不知始于何年，全国有几个城市的菊花都负盛名，如扬州、镇江、合肥，黄河以北，当以北京为最。

菊花品种甚多，在众多的花卉中也许是最多的。

首先，有各种颜色。最初的菊大概只有黄色的。"鞠有黄华""零落黄花满地金"，"黄华"和菊花是同义词。后来就发展到什么颜色都有了。黄色的、白色的、紫的、红的、粉的，都有。挪威的散文家别伦·别尔生说各种花里只有菊花有绿色的，也不尽然，牡丹、芍药、月季都有绿的，但像绿菊那样绿得像初新的嫩蚕豆那样，确乎是没有。我几年前回乡，在公园里看到一盆绿菊，花大盈尺。

其次，花瓣形状多样，有平瓣的、卷瓣的、管状瓣的。在镇江焦山见过一盆"十丈珠帘"，细长的管瓣下垂到地，说"十丈"当然不会，但三四尺是有的。

北京菊花和南方的差不多，狮子头、蟹爪、小鹅、金背大红……南北皆相似，有的连名字也相同。如一种浅红的瓣，极细而卷曲如一头乱发的，上海人叫它"懒梳妆"，北京人也叫它"懒梳妆"，因为得其神韵。

有些南方菊种北京少见。扬州人重"晓色"，谓其色如初日晓云，北京似没有。"十丈珠帘"，我在北京没见过。"枫叶芦花"，紫平瓣，有白色斑点，也没有见过。

我在北京见过的最好的菊花是在老舍先生家里。老舍先生每年要请北京市文联、文化局的干部到他家聚聚，一次是腊月，老舍先生的生日（我记得是腊月二十三）；一次是重阳节左右，赏菊。老舍先生的哥哥很会莳弄菊花。花很鲜艳；菜有北京特点（如芝麻酱炖黄花鱼、"盒子菜"）；酒"敞开供应"，既醉既饱，至今不忘。

我不赞成搞菊山菊海，让菊花都按部就班，排排坐，或挤成一堆，闹闹嚷嚷。菊花还是得一棵一棵地看，一朵一朵地看。更不赞成把菊花缚扎成龙、成狮子，这简直是糟蹋了菊花。

秋葵、鸡冠、凤仙、秋海棠

秋葵我在北京没有见过，想来是有的。秋葵是很好种的，在篱落、石缝间随便丢几个种子，即可开花。或不烦人种，也能自己开落。花瓣大、花浅黄，淡得近乎没有颜色，瓣有细脉，瓣内侧近花心处有紫色斑。秋葵风致楚楚，自甘寂寞。不知道为什么，秋葵让我想起女道士。秋葵亦名鸡脚葵，以其叶似鸡爪。

我在家乡县委招待所见一大丛鸡冠花，高过人头，花大如扫地笤帚，颜色深得吓人一跳。北京鸡冠花未见有如此之粗野者。

凤仙花可染指甲，故又名指甲花。凤仙花捣烂，少入矾，敷于指尖，即以凤仙叶裹之，隔一夜，指甲即红。凤仙花茎可长得很粗，湖南人或以入臭坛腌渍，以佐粥，味似臭苋菜杆。

秋海棠北京甚多，齐白石喜画之。齐白石所画，花梗颇长，这在我家那里叫作"灵芝海棠"。诸花多为五瓣，唯秋海棠为四瓣。北京有银星海棠，大叶甚坚厚，上洒银星，杆亦高壮，简直近似木本。我对这种孙二娘似的海棠不大感兴趣。我所不忘的秋海棠总是伶仃瘦弱的。我的生母得了肺病，怕"过人"——传染别人，独自卧病，在一座偏房里，我们都叫那间小屋为"小房"。她不让人去看她，我的保姆要抱我去让她看看，她也不同意。因此我对我的母亲毫无印象。她死后，这间"小房"成了堆放她的嫁妆的储藏室，成年锁着。我的继母偶尔打开，取一两件东西，我也跟了进去。"小房"外面有一个小天井，靠墙有一个秋叶形的小花坛，不知道是谁种了两三棵秋海棠，也没有人管它，它在秋天竟也开花。花色苍白，样子很可怜。不论在哪里，我每看到秋海棠，总要想起我的母亲。

黄栌、爬山虎

霜叶红于二月花。西山红叶是黄栌，不是枫树。我觉得不妨种一点枫树，这样颜色更丰富些。日本枫娇红可爱，可以引进。

近年北京种了很多爬山虎，入秋，爬山虎叶转红。

沿街的爬山虎红了，

北京的秋意浓了。

一九九六年中秋

载一九九六年十月二十八日《北京晚报》

豆 汁 儿

没有喝过豆汁儿，不算到过北京。

小时看京剧《豆汁记》（即《鸿鸾禧》，又名《金玉奴》，一名《棒打薄情郎》），不知"豆汁"为何物，以为即是豆腐浆。

到了北京，北京的老同学请我吃了烤鸭、烤肉、涮羊肉，问我："你敢不敢喝豆汁儿？"我是个"有毛的不吃掸子，有腿的不吃板凳，大荤不吃死人，小荤不吃苍蝇"的，喝豆汁儿，有什么不"敢"？他带我去一家小吃店，要了两碗，警告我说："喝不了，就别喝。有很多人喝了一口就吐了。"我端起碗来，几口就喝完了。我那同学问："怎么样？"我说："再来一碗。"

豆汁儿是制造绿豆粉丝的下脚料。很便宜。过去卖生豆汁儿的，用小车推一个有盖的木桶，串背街、胡同。不用"唤头"（招徕顾客的响器），也不吆唤。因为每天走到哪里，大都有准时候。到时候，就有女人提了一个什么容器出来买。有了豆汁儿，这天吃窝头就可以不用熬稀粥了。这是贫民食物。《豆汁记》的金玉奴的父亲金松是"杆儿上的"（叫花头），所以家里有吃剩的豆汁儿，可以给莫稽盛一碗。

卖熟豆汁儿的，在街边支一个摊子。一口铜锅，锅里一锅豆汁，用小火熬着。熬豆汁儿只能用小火，火大了，豆汁儿一翻大泡，就"澥"了。豆汁儿摊上备有辣咸菜丝——水疙瘩切细丝浇辣椒油、烧饼、焦圈——类似油条，但做成圆圈，焦脆。卖力气的，走到摊边坐下，要几套烧饼焦圈，来两碗豆汁儿，就一点辣咸菜，就是一顿饭。

豆汁儿摊上的咸菜是不算钱的。有保定老乡坐下，掏出两个馒头，问"豆汁儿多少钱一碗"，卖豆汁儿地告诉他，"咸菜呢？"——"咸菜不要钱。"——"那给我来一碟咸菜。"

常喝豆汁儿，会上瘾。北京的穷人喝豆汁儿，有的阔人家也爱喝。梅兰芳家有一个时候，每天下午到外面端一锅豆汁儿，全家大小，一人喝一碗。豆汁儿是什么味儿？这可真没法说。这东西是绿豆发了酵的，有股子酸味。不爱喝的说是像泔水，酸臭。爱喝的说：别的东西不能有这个味儿——酸香！这就跟臭豆腐和"启司"（英文 Cheese，又称奶酪、干酪）一样，有人爱，有人不爱。

豆汁儿沉底，干糊糊的，是麻豆腐。羊尾巴油炒麻豆腐，加几个青豆嘴儿（刚出芽的青豆），极香。这家这天炒麻豆腐，煮饭时得多量一碗米，——每人的胃口都开了。

八月十六日

春初新韭 秋末晚菘
汪曾祺散文精选

北京人的遛鸟

　　遛鸟的人是北京人里头起得最早的一拨。每天一清早，当公共汽车和电车首班车出动时，北京的许多园林以及郊外的一些地方空旷、林木繁茂的去处，就已经有很多人在遛鸟了。他们手里提着鸟笼，笼外罩着布罩，慢慢地散步，随时轻轻地把鸟笼前后摇晃着，这就是"遛鸟"。他们有的是步行来的，更多的是骑自行车来的。他们带来的鸟有的是两笼——多的可至八笼。如果带七八笼，就非骑车来不可了。车把上、后座、前后左右都是鸟笼，都安排得十分妥当。看到它们平稳地驶过通向密林的小路，是很有趣的，——骑在车上的主人自然是十分潇洒自得，神清气朗。

　　养鸟本是清朝八旗子弟和太监们的爱好，"提笼架鸟"

在过去是对游手好闲，不事生产的人的一种贬词。后来，这种爱好才传到一些辛苦忙碌的人中间，使他们能得到一些休息和安慰。我们常常可以在一个修鞋的、卖老豆腐的、钉马掌的摊前的小树上看到一笼鸟。这是他的伙伴。不过养鸟的还是以上岁数的较多，大都是从五十岁到八十岁的人，大部分是退休的职工，在职的稍少。近年在青年工人中也渐有养鸟的了。

北京人养的鸟的种类很多。大别起来，可以分为大鸟和小鸟两类。大鸟主要是画眉和百灵，小鸟主要是红子、黄鸟。

鸟为什么要"遛"？不遛不叫。鸟必须习惯于笼养，习惯于喧闹扰嚷的环境。等到它习惯于与人相处时，它就会尽情鸣叫。这样的一段驯化，术语叫作"压"。一只生鸟，至少得"压"一年。

让鸟学叫，最直接的办法是听别的鸟叫，因此养鸟的人经常聚会在一起，把他们的鸟揭开罩，挂在相距不远的树上，此起彼歇地赛着叫，这叫作"会鸟儿"。养鸟人不但彼此很熟悉，而且对他们朋友的鸟的叫声也很熟悉。鸟应该向哪只鸟学叫，这得由鸟主人来决定。一只画眉或百灵，能叫出几种"玩意"，除了自己的叫声，能学山喜鹊、大喜鹊、伏天、苇乍子、麻雀打架、公鸡打架、猫叫、狗叫。

曾见一个养画眉的用一台录音机追逐一只布谷鸟，企图把它的叫声录下，好让他的画眉学。他追逐了五个早晨（北京布谷鸟是很少的），到底成功了。

鸟叫的音色是各色各样的。有的宽亮，有的窄高，有的鸟聪明，一学就会；有的笨，一辈子只能老实巴交地叫那么几声。有的鸟害羞，不肯轻易叫；有的鸟好胜，能不歇气地叫一个多小时！

养鸟主要是听叫，但也重相貌。大鸟主要要大，但也要大得均称。画眉讲究"眉子"（眼外的白圈）清楚。百灵要大头，短嘴。养鸟人对于鸟自有一套非常精细的美学标准，而这种标准是他们共同承认的。

因此，鸟的身份悬殊极大。一只生鸟（画眉或百灵）值二三元人民币，甚至还要少，而一只长相俊秀能唱十几种"曲调"的值一百五十元，相当一个熟练工人一个月的工资。

养鸟是很辛苦的。除了遛，预备鸟食也很费事。鸟一般要吃拌了鸡蛋黄的棒子面或小米面，牛肉——把牛肉焙干，碾成细末。经常还要吃"活食"，——蚂蚱、蟋蟀、玉米虫。

养鸟人所重视的，除了鸟本身，便是鸟笼。鸟笼分圆笼、方笼两种。一般的鸟笼值一二十元，有的雕镂精细，近于"鬼工"，贵得令人咋舌。——有人不养鸟，专以搜集名贵鸟笼为乐。鸟笼里大有高低贵贱之分的是鸟食罐。一副雍正青花的鸟食罐，已成稀世的珍宝。

除了笼养听叫的鸟，北京人还有一种养在"架"上的鸟。所谓架，是一截树杈。养这类鸟的乐趣是训练它"打弹"，养鸟人把一个弹丸扔在空中，鸟会飞上去接住。有的一次飞起能接连接住两个。架养的鸟一般体大嘴硬，例如锡嘴和交嘴鹊。所以，北京过去有"提笼架鸟"之说。

春初新韭 秋末晚菘
汪曾祺散文精选

背东西的兽物

　　毛姆描写过中国山地背运货物的夫子，从前读过，印象极为深刻，不过他称那种人为"负之兽"，觉得不免夸饰，近于舞文弄墨，而且取义殊为卑浅，令人稍稍有点反感。及至后来到了内地，在云南看到那边的脚夫，虽不能确定毛姆所见是这一种人，但这种人若加之以毛姆那个称呼是极贴当而质朴的，我那点反感没有了，而且隐然对他有了一种谢意。

　　人生活动行进之中如果骤然煞住，问一问我在这里到底是在干点什么呢？大概不会有肯定答案的，都如毛姆所引庄子的那一段话中说的那样，疲疲役役，过了一生，但这一种人是问也用不着问，（别人不大会代他们问，他们自己当然不可能发问，）看一看就知道真是什么"意

义"都没有,除了背东西就没有生活了。用得着一个套语:
从今天背到明天,从今年背到明年。但毛姆说他们是兽
物还不能是象征说法,是极其写实的,他们不但没有"人"
的意义,而且也没有人形。

在我们学校旁边那条西风古道上时常可以看到他们,
大都是一队一队的,少者三个五个,多的十个八个,沉
默着,埋着头,一步一步走来。照例凡是使用气力做活
的人多半要发出声音,或唱歌,或是"打号子",用以排
遣单调,鼓舞精力,而这些人是一声也不出的,他们的
嘴闭得很紧。说是"埋头",每令人想到"苦干",他们
的埋头可不是表示发愤为雄,是他们的工作教他们不得
不埋头。他们背东西都使用一个底锐、口广、深身、略
呈斗斛状的竹篮。这东西或称为背篓,但有一种细竹所
编,有两耳可跨套于肩臂,而且有个盖子,做得相当细
致的竹篮,像昆明收旧货女人所用的那一种,也称为背
篓,而他们用的背篓是极其粗率的简陋的。背篓上高高
装了货物。货物的范围很窄,虽然有时也背盐巴、松板、
石块、米粮等物,大多是两样东西,柴和炭。柴,有的
粗块,有的是寸径树条,也有连枝带叶的小棒子;有专
背松毛的,马尾松针晒干,用以引火助燃,此地人谓之
松毛,但那多是女人,且多不用背篓,捆扎成一大包而

背着。炭都是横着一根一根的叠起来。柴炭都叠得很高，防它倒散，多用绳索络住。背篓上有一根棕丝所织扁带子，背即背的这一根带子。严格说不应当说是背，应当说是“顶”，他们用脑门子顶着那一根带子。这样他们不得不硬着头皮，不得不埋着头了。头稍平置，篓子即会滑脱的。柴炭从山中来，山路不便挑扛，所以才用这种特殊方法负运。他们上山下山，全身都用气力，而颈部用力尤多，所以都有极其粗壮，粗壮到变形的脖子。这样粗壮的脖子前面又多半挂了个瘿袋，累累然有如一个肉桂色的柚子。在颈上都套着一个木板，形式如半个刑枷，毛姆似乎称之为“轭”的，这也并非故意存有暗示，真的跟耕田引车的牛头上那一个东西全无二致，而且一定是可以通互应用的。在手里，他们都提着一根杖。这根杖不知道叫什么名堂，齐腰那么高，顶头有个月牙形的板，平着连着那根杖。这根杖用处很大，爬坡上坡时，路稍陡直，用以撑杖，下雨泥滑，可防蹶倒，打站歇力时尤其用得着它，如同常说，是第三条腿。他们在路上休息时并不把背篓取下，取下时容易，再上肩费事，为养歇气力而花更大的气力，犯不着，只用那一根杖舒到后面，根着地，背篓放在月牙形手板上，自己稍为把腰伸起，两腿分开，微借着一点力而靠那么一会儿就成了。

休息时要小便，也就是这么直着腰。他们一路走走歇歇，到了这儿，并没有一点载欣载奔的喜意，虽然前面马上就要到了。进了前面那个小小牌楼，就是西门，西门里就是省城了，省城是烧去他们背上柴炭的地方，可是看不出他们对于这个日渐新兴起来的古城有什么感情。小牌楼外有一片长长的空地，长了一点草，倒了一点垃圾，有人和狗拉的屎，他们在那里要休息相当时候。午前午后往来，都可以看得见许多这种人长长的一溜坐着，这时，他们大都把背上载的重物卸放在墙根了，要吃饭，总不能吃饭时也顶着。

柴不知怎么卖，有没有人在路上喊住他们论价买去呢？炭则大都是交到行庄，由炭商接下来，剔选一道，整理整理，用装了石粉的布包在上面拍得一层白，漂漂亮亮的，再成斤作担卖与人家。老板卖出去的价钱跟向他们买的价钱相差多少，他们永远也无法晓得，至于这些炭怎么烧去，则更不在他们想象之内了。

他们有的裸头，有的戴了一顶粗毡碗形帽子，这顶帽子吃了许多油汗，而且一定时常在吃进油汗时教他们头皮作痒。身上衣服有的是布的。但不管是什么布，衣绝对没有在他们身上新过，都是买现成的旧衣，重重补缀上身。城里有许多"收旧衣烂衫"的男人女人，收了去在市集上卖，主顾里包括有这种人，虽然他们不是重要的，理想的，尤其是顶不爽气的，只不过是最可欺骗的主顾。他们是一定买最破最烂的，而且衣服形形色色都有，他们把衣服都简化了，在你是绝对不相同的，在他们是一样的。更多的是穿麻布衣服。这种麻不知是不是他们自己织的，保留最古粗的样子，印在陶器上的布纹比这还要细密些。每一经纬都有铺子扎东西的索子那么粗，只是单薄一点。自然是原色，麻白色。昆明气候好，冬天也少霜雪，但天方发白的山路上总是恻恻的有风的，而有些背柴炭人还是穿一层单麻布衣服。这身衣服像一个壳子似的套在身上，仿佛跟他们的身体分不开，而又显然不是身体的一部分，跟身体离得很远，没有一处贴合，那种淡淡的白色使他们格外具有特性了。身体上不是顶要紧的地方袒露一块，在他们不算是大事情。衣服，根本在他们就不算大事。他们的大事是吃一点东西到肚里。

他们每人都把吃的带着，结挂在腰裤间，到了，一起就取出来吃。一个一个的布口袋，口袋做成筒状，里头是一口袋红米干饭。不用碗，不用筷子，也不用手抓，以口就饭而唼喋。随吃，随把口袋向外翻卷一点，饭吃完，口袋也整整翻了个个儿，抖一抖，接住几个米粒，仍旧还系于腰裤间。有的没有，有的有点菜，那是辣子面，盐，辣子面和盐，辣子面和盐和一点豆豉末，咽两口饭，以舌尖粘掠一点。看一个庄家，一个工人，一个小贩，一个劳力人，吃饭是很痛快过瘾的事，他们吃得那么香甜，那么活泼，那么酣舞，那么恣放淋漓，那么快乐，你感觉吃无论如何是人生的一点不可磨灭的真谛，而看这种人吃饭，你不会动一点食欲。他们并不厌恨食物的粗粝，可是冷淡到十分，毫不动情的，慢慢慢慢地咀嚼，就像一头牛在反刍似的！也像牛似的，他们吃得很专心。伴以一种深厚的，然而简单的思索，不断的思索着：这是饭，这是饭，这是饭……仿佛不这么想着，他们的牙齿就要不会磨动似的——很奇怪，我想不出他们是用什么姿态喝水的，他们喝水的次数一定很少，否则不可能我没有印象。走这么长的路而能干干的吃那么些饭，真是不可了解的事。他们生在山里，或者山里人少有喝水的习惯？……我想起一个题目：水与文化。

　　老觉得这种人如何饮之以酒，不加限节，必至泥胡醉死。醉了，他们是什么样子呢？他们是无内外表里，无层次，无后先，无中偏，无大小，是整个的：一个整个的醉是什么样子呢？他们会拥抱，会砍杀，会哭会笑？还是一声不响的各自颓倒，失去知觉存在？

　　他们当然是有思索的，而且很深很厚，不过思索很少，简单，没有多少题目，所以总是那么很专心似的，很难在他们的眼睛里找出什么东西，因为我们能够追迹的，不是情意本体，而是情意的流变，在由此状况发展引度成另一状况，在起讫之间，人才泄漏他的心。而他们几乎是永恒的，不动的，既非明，也非暗，不是明暗之间酝酿绸缪的昧暖，是一种超乎明暗的混沌，一种没有界限的封闭。他们一个一个地坐在那里，绝对的沉默，不是有话不说，而是根本没有话，各自拢有了自己，像石块拢有了石头。你无法走进他们里面去，因为他们不看你一眼，他们没有把你收到他们的视野中去。

纪德发现刚果有一种土人，他们的语言里没有相当于"为什么"的字。……

在一个小茶馆外头，我第一次听到这种人说话，而且是在算账！从他们那个还是极少表情的眼睛里，可以知道一个数字要在他的心里写完了，就像用一根钝钉子在一片又光又硬的石板上刻字一样的难。我永远记得那个数目：二百二十二。一则这个数字太巧，而且富民话（我听出他们的话带有富民口音）"二"字念起来很特别，再也是他一次又一次的重复，好像一个孩子努力地想把一个跌碎了的碗拼合起来似的，"二百——二十——二，二百——二十——二……"

有一次警报，解除警报发了，接着又发了紧急警报，我们才进城门又立刻退回去，而小牌楼外面那些负运柴炭的人还不动。日本飞机来过炸过了，那片地上落了一个炸弹，有人告诉我，炸死了两个人。我忽然心里一动，很严肃的想：炸死了两个人，我端端正正一撇一捺在心里写了那一个"人"字。我高兴我当时没有嘲弄我自己，没有蔑笑我的那点似乎是有心鼓励出来的戏剧的激情。

　　　　　　　　　载一九四八年二月一日《大公报》

翠湖心影

　　有一个姑娘，牙长得好。有人问她："姑娘，你多大了？"

　　"十七。"

　　"住在哪里？"

　　"翠湖西。"

　　"爱吃什么？"

　　"辣子鸡。"

　　过了两天，姑娘摔了一跤，磕掉了门牙。有人问她："姑娘多大了？"

　　"十五。"

　　"住在哪里？"

　　"翠湖。"

"爱吃什么？"

"麻婆豆腐。"

这是我在四十四年前听到的一个笑话。当时觉得很无聊（是在一个座谈会上听一个本地才子说的）。现在想起来觉得很亲切。因为它让我想起翠湖。

昆明和翠湖分不开，很多城市都有湖。杭州西湖、济南大明湖、扬州瘦西湖。然而这些湖和城的关系都还不是那样密切。似乎把这些湖挪开，城市也还是城市。翠湖可不能挪开。没有翠湖，昆明就不成其为昆明了。翠湖在城里，而且几乎就挨着市中心。城中有湖，这在中国，在世界上，都是不多的。说某某湖是某某城的眼睛，这是一个俗得不能再俗的比喻了。然而说到翠湖，这个比喻还是躲不开。只能说：翠湖是昆明的眼睛。有什么办法呢，因为它非常贴切。

翠湖是一片湖，同时也是一条路。城中有湖，并不妨碍交通。湖之中，有一条很整齐的贯通南北的大路。从文林街、先生坡、府甬道，到华山南路、正义路，这是一条直达的捷径。——否则就要走翠湖东路或翠湖西路，那就绕远多了。昆明人特意来游翠湖的也有，不多。多数人只是从这里穿过。翠湖中游人少而行人多。但是行人到了翠湖，也就成了游人了。从喧嚣扰攘的闹市和刻板枯燥的机关里，匆匆忙忙地走过来，一进了翠湖，即刻就会觉得浑身轻松下来；生活的重压、柴米油盐、委屈烦恼，就会冲淡一些。人们不知不觉地放慢了脚步，甚至可以停下来，在路边的石凳上坐一坐，抽一支烟，四边看看。即使仍在匆忙地赶路，人在湖光树影中，精神也很不一样了。翠湖每天每日，给了昆明人多少浮世的安慰和精神的疗养啊。因此，昆明人——包括外来的游子，对翠湖充满感激。

翠湖这个名字起得好！湖不大，也不小，正合适。小了，不够一游；太大了，游起来怪累。湖的周围和湖中都有堤。堤边密密地栽着树。树都很高大。主要的是垂柳。"秋尽江南草未凋"，昆明的树好像到了冬天也还是绿的。尤其是雨季，翠湖的柳树真是绿得好像要滴下来。湖水极清。我的印象里翠湖似没有蚊子。夏天的夜晚，我们在湖中漫步或在堤边浅草中坐卧，好像都没有被蚊子咬过。湖水常年盈满。我在昆明住了七年，没有看见过翠湖干得见了底。偶尔接连下了几天大雨，湖水涨了，湖中的大路也被淹没，不能通过了。但这样的时候很少。翠湖的水不深。浅处没膝，深处也不过齐腰。因此没有人到这里来自杀。我们有一个广东籍的同学，因为失恋，曾投过翠湖。但是他下湖在水里走了一截，又爬上来了。

因为他大概还不太想死，而且翠湖里也淹不死人。翠湖不种荷花，但是有许多水浮莲。肥厚碧绿的猪耳状的叶子，开着一望无际的粉紫色的蝶形的花，很热闹。我是在翠湖才认识这种水生植物的。我以后再也没看到过这样大片大片的水浮莲。湖中多红鱼，很大，都有一尺多长。这些鱼已经习惯于人声脚步，见人不惊，整天只是安安静静的，悠然地浮沉游动着。有时夜晚从湖中大路上过，会忽然拨刺一声，从湖心跃起一条极大的大鱼，吓你一跳。湖水、柳树、粉紫色的水浮莲、红鱼，共同组成一个印象：翠。

一九三九年的夏天我到昆明来考大学，寄住在青莲街的同济中学的宿舍里，几乎每天都要到翠湖。学校已经发了榜，还没有开学，我们除了骑马到黑龙潭、金殿，坐船到大观楼，就是到翠湖图书馆去看书。这是我这一生去过次数最多的一个图书馆，也是印象极佳的一个图书馆。图书馆不大，形制有一点像一个道观。非常安静整洁。有一个侧院，院里种了好多盆白茶花。这些白茶花有时整天没有一个人来看它，就只是安安静静地欣然地开着。图书馆的管理员是一个妙人。他没有准确的上下班时间。有时我们去得早了，他还没有来，门没有开，我们就在外面等着。他来了，谁也不理，开了门，走进阅览室，把壁上一个不走的挂钟的时针"喀拉拉"一拨，拨到八点，这就上班了，开始借书。这个图书馆的藏书室在楼上。楼板上挖出一个长方形的洞，从洞里用绳子吊下一个长方形的木盘。借书人开好借书单，——管理员把借书单叫作"飞子"，昆明人把一切不大的纸片都叫作"飞子"，买米的发票、包裹单、汽车票，都叫"飞子"，——这位管理员看一看，放在木盘里，一拽旁边的铃铛，"嘟嘟"，木盘就从洞里吊上去了。——上面大概有个滑车。不一会，上面拽一个铃铛，木盘又系了下来，你要的书来了。这种古老而有趣的借书手续我以后再也没有见过。这个小图书馆藏书似不少，而且有些善本。我们想看的书大都能够借到。过了两三个小时，这位干瘦而沉默得有点像陈老莲画出来的古典的图书管理员站起来，把壁上不走的挂钟的时针"喀拉拉"一拨，拨到十二点：下班！我们对他这种以意为之的计时方法完全没有意见。因为我们没有一定要看完的书，到这里来只是享受一点安静。我们的看书，是没有目的的，从《南诏国志》到福尔摩斯，逮着什么看什么。

翠湖图书馆现在还有么？这位图书管理员大概早已作古了。不知道为什么，我会常常想起他来，并和我所认识的几个孤独、贫穷而有点怪癖的小知识分子的印象掺和在一起，越来越鲜明。总有一天，这个人物的形象会出现在我的小说里的。

翠湖的好处是建筑物少。我最怕风景区挤满了亭台楼阁。除了翠湖图书馆，有一簇洋房，是法国人开的翠湖饭店。这所饭店似乎是终年空着的。大门虽开着，但我从未见过有人进去，不论是中国人还是法国人。此外，大路之东，有几间黑瓦朱栏的平房，狭长的，按形制似应该叫作"轩"。也许里面是有一方题作什么轩的横匾的，但是我记不得了。也许根本没有。轩里有一阵曾有人卖过面点，大概因为生意不好，停歇了。轩内空荡荡的，没有桌椅。只在廊下有一个卖"糠虾"的老婆婆。"糠虾"是只有皮壳没有肉的小虾。晒干了，卖给游人喂鱼。花极少的钱，便可从老婆婆手里买半碗，一把一把撒在水里，一尺多长的红鱼就很兴奋地游过来，抢食水面的糠虾，唼喋有声。糠虾喂完，人鱼俱散，轩中又是空荡荡的，剩下老婆婆一个人寂然地坐在那里。

路东伸进湖水，有一个半岛。半岛上有一个两层的楼阁。阁上是个茶馆。茶馆的地势很好，四面有窗，入目都是湖水。夏天，在阁子上喝茶，很凉快。这家茶馆，夏天，是到了晚上还卖茶的（昆明的茶馆都是这样，收市很晚），我们有时会一直坐到十点多钟。茶馆卖盖碗茶，

春初新韭 秋末晚菘
汪曾祺散文精选

还卖炒葵花子、南瓜子、花生米，都装在一个个白铁敲成的方碟子里，昆明的茶馆计账的方法有点特别：瓜子、花生，都是一个价钱，按碟算。喝完了茶，"收茶钱！"堂倌走过来，数一数碟子，就报出个钱数。我们的同学有时临窗饮茶，嗑完一碟瓜子，随手把铁皮碟往外一扔，"Pia——"，碟子就落进了水里。堂倌算账，还是照碟算。这些堂倌们晚上清点时，自然会发现碟子少了，并且也一定会知道这些碟子上哪里去了。但是从来没有一次收茶钱时因此和顾客吵起来过；并且在提着大铜壶用"凤凰三点头"手法为客人续水时也从不拿眼睛"贼"着客人。把瓜子碟扔进水里，自然是不大道德，不过堂倌不那么斤斤计较的风度却是很可佩服的。

除了到翠湖图书馆看书，喝茶，我们更多的时候是到翠湖去"穷遛"。这"穷遛"有两层意思，一是不名一钱地遛，一是无穷无尽地遛。"园日涉以成趣"，我们遛翠湖没有个够的时候。尤其是晚上，踏着斑驳的月光树影，可以在湖里一遛遛好几圈。一面走，一面海阔天空，高谈阔论。我们那时都是二十岁上下的人，似乎有很多话要说，可说，我们都说了些什么呢？我现在一句都记不得了！

我是一九四六年离开昆明的。一别翠湖，已经三十八年了，时间过得真快！

我是很想念翠湖的。

前几年，听说因为搞什么"建设"，挖断了水脉，翠湖没有水了。我听了，觉得怅然，而且，愤怒了。这是怎么搞的！谁搞的？翠湖会成了什么样子呢？那些树呢？那些水浮莲呢？那些鱼呢？

最近听说，翠湖又有水了，我高兴！我当然会想到这是三中全会带来的好处。这是拨乱反正。

但是我又听说，翠湖现在很热闹，经常举办"蛇展"什么的，我又有点担心。这又会成了什么样子呢？我不反对翠湖游人多，甚至可以有游艇，甚至可以设立摊篷卖破酥包子、焖鸡米线、冰激凌、雪糕，但是最好不要搞"蛇展"。我希望还有一个明爽安静的翠湖。我想这也是很多昆明人的希望。

一九八四年五月九日

载一九八四年第八期《滇池》

泡 茶 馆

"泡茶馆"是联大学生特有的语言。本地原来似无此说法，本地人只说"坐茶馆"。"泡"是北京话。其含义很难准确地解释清楚。勉强解释，只能说是持续长久地沉浸其中，像泡泡菜似的泡在里面。"泡蘑菇""穷泡"，都有长久的意思。北京的学生把北京的"泡"字带到了昆明，和现实生活结合起来，便创造出一个新的语汇。"泡茶馆"，即长时间地在茶馆里坐着。本地的"坐茶馆"也含有时间较长的意思。到茶馆里去，首先是坐，其次才是喝茶（云南叫吃茶）。不过联大的学生在茶馆里坐的时间往往比本地人长，长得多，故谓之"泡"。

有一个姓陆的同学，是一怪人，曾经骑自行车旅行半个中国。这人真是一个泡茶馆的冠军。他有一个时期，整天在一家熟识的茶馆里泡着。他的盥洗用具就放在这家茶馆里。一起来就到茶馆里去洗脸刷牙，然后坐下来，泡一碗茶，吃两个烧饼，看书。一直到中午，起身出去吃午饭。吃了饭，又是一碗茶，直到吃晚饭。晚饭后，又是一碗，直到街上灯火阑珊，才挟着一本很厚的书回宿舍睡觉。

昆明的茶馆共分几类，我不知道。大别起来，只能分为两类，一类是大茶馆，一类是小茶馆。

正义路原先有一家很大的茶馆，楼上楼下，有几十张桌子。都是荸荠紫漆的八仙桌，很鲜亮。因为在热闹地区，坐客常满，人声嘈杂。所有的柱子上都贴着一张很醒目的字条："莫谈国事"。时常进来一个看相的术士，一手捧一个六寸来高的硬纸片，上书该术士的大名（只能叫作大名，因为往往不带姓，不能叫"姓名"；又不能叫"法名""艺名"，因为他并未出家，也不唱戏），一只手捏着一根纸媒子，在茶桌间绕来绕去，嘴里念说着"送看手相不要钱！""送看手相不要钱"——他手里这根媒子即是看手相时用来指示手纹的。

这种大茶馆有时唱围鼓。围鼓即由演员或票友清唱。我很喜欢"围鼓"这个词。唱围鼓的演员、票友好像不是取报酬的。只是一群有同好的闲人聚拢来唱着玩。但茶馆却可借来招揽顾客，所以茶馆便于闹市张贴告条："某月日围鼓"。到这样的茶馆里来一边听围鼓，一边吃茶，也就叫作"吃围鼓茶"。"围鼓"这个词大概是从四川来的，但昆明的围鼓似多唱滇剧。我在昆明七年，对滇剧始终没有入门。只记得不知什么戏里有一句唱词"孤王头上长青苔"。孤王的头上如何会长青苔呢？这个设想实在是奇，因此一听就永不能忘。

我要说的不是那种"大茶馆"。这类大茶馆我很少涉足，而且有些大茶馆，包括正义路那家兴隆鼎盛的大茶馆，后来大都陆续停闭了。我所说的是联大附近的茶馆。

从西南联大新校舍出来，有两条街，凤翥街和文林街，都不长。这两条街上至少有不下十家茶馆。

从联大新校舍，往东，折向南，进一座砖砌的小牌楼式的街门，便是凤翥街。街夹右手第一家便是一家茶馆。这是一家小茶馆，只有三张茶桌，而且大小不等，形状不一的茶具也是比较粗糙的，随意画了几笔蓝花的盖碗。除了卖茶，檐下挂着大串大串的草鞋和地瓜（即湖南人所谓的凉薯），这也是卖的。张罗茶座的是一个女人。这女人长得很强壮，皮色也颇白净。她生了好些孩子。身边常有两个孩子围着她转，手里还抱着一个孩子。她经常敞着怀，一边奶着那个早该断奶的孩子，一边为客人冲茶。她的丈夫，比她大得多，状如猿猴，而目光锐利如鹰。他什么事情也不管，但是每天下午却捧了一个大碗喝牛奶。这个男人是一头种畜。这情况使我们颇为不解。这个白皙强壮的妇人，只凭一天卖几碗茶，卖一点草鞋、地瓜，怎么能喂饱了这么多张嘴，还能供应一个懒惰的丈夫每天喝牛奶呢？怪事！中国的妇女似乎有一种天授的惊人的耐力，多大的负担也压不垮。

由这家往前走几步，斜对面，曾经开过一家专门招徕大学生的新式茶馆。这家茶馆的桌椅都是新打的，涂了黑漆。堂倌系着白围裙。卖茶用细白瓷壶，不用盖碗（昆明茶馆卖茶一般都用盖碗）。除了清茶，还卖沱茶、香片、龙井。本地茶客从门外过，伸头看看这茶馆的局面，再看看里面坐得满满的大学生，就会挪步另走一家了。这家茶馆没有什么值得一记的事，而且开了不久就关了。联大学生至今还记得这家茶馆是因为隔壁有一家卖花生米的。这家似乎没有男人，站柜卖货是姑嫂两人，都还年轻，成天涂脂抹粉。尤其是那个小姑子，见人走过，辄作媚笑。联大学生叫她花生西施。这西施卖花生米是看人行事的。好看的来买，就给得多。难看的给得少。因此我们每次买花生米都推选一个挺拔英俊的"小生"去。

再往前几步，路东，是一个绍兴人开的茶馆。这位绍兴老板不知怎么会跑到昆明来，又不知为什么在这条小小的凤翥街上来开一爿茶馆。他至今乡音未改。大概他有一种独在异乡为异客的情绪，所以对待从外地来的联大学生异常亲热。他这茶馆里除了卖清茶，还卖一点芙蓉糕、萨其玛、月饼、桃酥，都装在一个玻璃匣子里。我们有时觉得肚子里有点缺空而又不到吃饭的时候，便到他这里一边喝茶一边吃两块点心。有一个善于吹口琴的姓王的同学经常在绍兴人茶馆喝茶。他喝茶，可以欠账。不但喝茶可以欠账，我们有时想看电影而没有钱，就由这位口琴专家出面向绍兴老板借一点。绍兴老板每次都是欣然地打开钱柜，拿出我们需要的数目。我们于是欢欣鼓舞，兴高采烈，迈开大步，直奔南屏电影院。

再往前，走过十来家店铺，便是凤翥街口，路东路西各有一家茶馆。

路东一家较小，很干净，茶桌不多。掌柜的是个瘦瘦的男人，有几个孩子。掌柜的事情多，为客人冲茶续水，大都由一个十三四岁的大儿子担任，我们称他这个儿子为"主任儿子"。街西那家又脏又乱，地面坑洼不平，一地的烟头、火柴棍、瓜子皮。茶桌也是七大八小，摇摇晃晃，但是生意却特别好。从早到晚，人坐得满满的。也许是因为风水好。这家茶馆正在凤翥街和龙翔街交接处，门面一边对着凤翥街，一边对着龙翔街，坐在茶馆，两条街上的热闹都看得见。到这家吃茶的全部是本地人，本街的闲人、赶马的"马锅头"、卖柴的、卖菜的。他们都抽叶子烟。要了茶以后，便从怀里掏出一个烟盒——圆形，皮制的，外面涂着一层黑漆，打开来，揭开覆盖着的菜叶，拿出剪好的金堂叶子，一枝一枝地卷起来。茶馆的墙壁上张贴、涂抹得乱七八糟。但我却于西墙上发现了一首诗，一首真正的诗：

> 记得旧时好，
> 跟随爹爹去吃茶。
> 门前磨螺壳，
> 巷口弄泥沙。

是用墨笔题写在墙上的。这使我大为惊异了。这是什么人写的呢？

每天下午，有一个盲人到这家茶馆来说唱。他打着扬琴，说唱着。照现在的说法，这应是一种曲艺，但这种曲艺该叫什么名称，我一直没有打听着。我问过"主任儿子"，他说是"唱扬琴的"，我想不是。他唱的是什么？

我有一次特意站下来听了一会儿，是：

......

良田美地卖了，

高楼大厦拆了，

娇妻美妾跑了，

狐皮袍子当了......

　　我想了想，哦，这是一首劝戒鸦片的歌，他这唱的是鸦片烟之为害。这是什么时候传下来的呢？说不定是林则徐时代某一忧国之士的作品。但是这个盲人只管唱他的，茶客们似乎都没有在听，他们仍然在说话，各人想自己的心事。到了天黑，这个盲人背着扬琴，点着马杆，踽踽地走回家去。我常常想：他今天能吃饱么？

　　进大西门，是文林街，挨着城门口就是一家茶馆。这是一家最无趣味的茶馆。茶馆墙上的镜框里装的是美国电影明星的照片，蓓蒂·黛维丝、奥丽薇·德·哈甫兰、克拉克·盖博、泰伦宝华......除了卖茶，还卖咖啡、可可。这家的特点是：进进出出的除了穿西服和麂皮夹克的比较有钱的男同学外，还有把头发卷成一根一根香肠似的女同学。有时到了星期六,还开舞会。茶馆的门关了，从里面传出《蓝色的多瑙河》和《风流寡妇》舞曲，里面正在"嘣嚓嚓"。

和这家斜对着的一家，跟这家截然不同。这家茶馆除卖茶，还卖煎血肠。这种血肠是牦牛肠子灌的，煎起来一街都闻见一种极其强烈的气味，说不清是异香还是奇臭。这种西藏食品，那些把头发卷成香肠一样的女同学是绝对不敢问津的。

由这两家茶馆往东，不远几步，面南便可折向钱局街。街上有一家老式的茶馆，楼上楼下，茶座不少。说这家茶馆是"老式"的，是因为茶馆备有烟筒，可以租用。一段青竹，旁安一个粗如小指半尺长的竹管，一头装一个带爪的莲蓬嘴，这便是"烟筒"。在莲蓬嘴里装了烟丝，点以纸媒，把整个嘴埋在筒口内，尽力猛吸，筒内的水咚咚作响，浓烟便直灌肺腑，顿时觉得浑身通泰。吸烟筒要有点功夫，不会吸的吸不出烟来。茶馆的烟筒比家用的粗得多，高齐桌面，吸完就靠在桌腿边，吸时尤需底气充足。这家茶馆门前，有一个小摊，卖酸角（不知什么树上结的，形状有点像皂荚，极酸，入口使人攒眉）、拐枣（也是树上结的，应该算是果子，状如鸡爪，一疙瘩一疙瘩的，有的地方即叫作鸡脚爪，味道很怪，像红糖，又有点像甘草）

春初新韭 秋末晚菘
汪曾祺散文精选

和泡梨（糖梨泡在盐水里，梨味本是酸甜的，昆明人却偏于盐水内泡而食之。泡梨仍有梨香，而梨肉极脆嫩）。过了春节则有人于门前卖葛根。葛根是药，我过去只在中药铺见过，切成四方的棋子块儿，是已经经过加工的了，原物是什么样子，我是在昆明才见到的。这种东西可以当零食来吃，我也是在昆明才知道。一截葛根，粗如手臂，横放在一块板上，外包一块湿布。给很少的钱，卖葛根的便操起有点像北京切涮羊肉的肉片用的那种薄刃长刀，切下薄薄的几片给你。雪白的。嚼起来有点像干（瓢）的生白薯片，而有极重的药味。据说葛根能清火。联大的同学大概很少人吃过葛根。我是什么奇奇怪怪的东西都要买一点尝一尝的。

大学二年级那一年，我和两个外文系的同学经常一早就坐在这家茶馆靠窗的一张桌边，各自看自己的书，有时整整坐一上午，彼此不交语。我这时才开始写作，我的最初几篇小说，即是在这家茶馆里写的。茶馆离翠湖很近，从翠湖吹来的风里，时时带有水浮莲的气味。

回到文林街。文林街中，正对府甬道，后来新开了一家茶馆。这家茶馆的特点一是卖茶用玻璃杯，不用盖碗，也不用壶。不卖清茶，卖绿茶和红茶。红茶色如玫瑰，绿茶苦如猪胆。第二是茶桌较少，且覆有玻璃桌面。在这样桌子上打桥牌实在是再适合不过了，因此到这家茶馆来喝茶的，大都是来打桥牌的，这茶馆实在是一个桥牌俱乐部。联大打桥牌之风很盛。有一个姓马的同学每天到这里打桥牌。解放后，我才知道他是老地下党员，昆明学生运动的领导人之一。学生运动搞得那样热火朝天，他每天都只是很闲在，很热衷地在打桥牌，谁也看不出他和学生运动有什么关系。

文林街的东头，有一家茶馆，是一个广东人开的，字号就叫"广发茶社"——昆明的茶馆我记得字号的只有这一家，原因之一，是我后来住在民强巷，离广发很近，经常到这家去。原因之二是——经常聚在这家茶馆里的，有几个助教、研究生和高年级的学生。这些人多多少少有一点玩世不恭。那时联大同学常组织什么学会，我们对这些俨乎其然的学会微存嘲讽之意。有一天，广发的茶友之一说："咱们这也是一个学会，——广发学会！"这本是一句茶余的笑话。不料广发的茶友之一，解放后，在一次运动中被整得不可开交，胡乱交代问题，说他曾参加过"广发学会"。这就惹下了麻烦。几次有人专程到北京来外调"广发学会"问题。被调查的人心里想笑，又笑不出来，因为来外调的政工人员态度非常严肃。广发茶馆代卖广东点心。所谓广东点心，其实只是包了不同味道的甜馅的小小的酥饼，面上却一律贴了几片香菜叶子，这大概是这一家饼师的特有的手艺。我在别处吃过广东点心，就没有见过面上贴有香菜叶子的——至少不是每一块都贴。

或问：泡茶馆对联大学生有些什么影响？答曰：第一，可以养其浩然之气。联大的学生自然也是贤愚不等，但多数是比较正派的。那是一个污浊而混乱的时代，学生生活又穷困得近乎潦倒，但是很多人却能自许清高，鄙视庸俗，并能保持绿意葱茏的幽默感，用来对付恶浊和穷困，并不颓丧灰心，这跟泡茶馆是有些关系的。第二，茶馆出人才。联大学生上茶馆，并不是穷泡，除了瞎聊，大部分时间都是用来读书的。联大图书馆座位不多，宿舍里没有桌凳，看书多半在茶馆里。联大同学上茶馆很少不挟着一本乃至几本书的。不少人的论文、读书报告，都是在茶馆写的。有一年一位姓石的讲师的《哲学概论》期终考试，我就是把考卷拿到茶馆里去答好了再交上去的。联大八年，出了很多人才。研究联大校史，搞"人才学"，不能不了解了解联大附近的茶馆。第三，泡茶馆可以接触社会。我对各种各样的人、各种各样的生活都发生兴趣，都想了解了解，跟泡茶馆有一定关系。如果我现在还算一个写小说的人，那么我这个小说家是在昆明的茶馆里泡出来的。

一九八四年五月十三日

载一九八四年第九期《滇池》

昆明的雨

　　宁坤要我给他画一张画，要有昆明的特点。我想了一些时候，画了一幅：右上角画了一片倒挂着的浓绿的仙人掌，末端开出一朵金黄色的花；左下画了几朵青头菌和牛肝菌。题了这样几行字："昆明人家常于门头挂仙人掌一片以辟邪，仙人掌悬空倒挂尚能存活开花。于此可见仙人掌生命之顽强，亦可见昆明雨季空气之湿润。雨季则有青头菌、牛肝菌，味极鲜腴。"

　　我想念昆明的雨。

　　我以前不知道有所谓雨季。"雨季"，是到昆明以后才有了具体感受的。

　　我不记得昆明的雨季有多长，从几月到几月，好像是相当长的。但是并不使人厌烦。因为是下下停停、停停下下，不是连绵不断，下起来没完。而且并不使人气闷。我觉得昆明雨季气压不低，人很舒服。

昆明的雨季是明亮的、丰满的，使人动情的。城春草木深，孟夏草木长。昆明的雨季，是浓绿的。草木的枝叶里的水分都到了饱和状态，显示出过分的、近于夸张的旺盛。

我的那张画是写实的。我确实亲眼看见过倒挂着还能开花的仙人掌。旧日昆明人家门头上用以辟邪的多是这样一些东西：一面小镜子，周围画着八卦，下面便是一片仙人掌，——在仙人掌上扎一个洞，用麻线穿了，挂在钉子上。昆明仙人掌多，且极肥大。有些人家在菜园的周围种了一圈仙人掌以代替篱笆。——种了仙人掌，猪羊便不敢进园吃菜了。仙人掌有刺，猪和羊怕扎。

昆明菌子极多。雨季逛菜市场，随时可以看到各种菌子。最多，也最便宜的是牛肝菌。牛肝菌下来的时候，家家饭馆卖炒牛肝菌，连西南联大食堂的桌子上都可以有一碗。牛肝菌色如牛肝，滑，嫩，鲜，香，很好吃。炒牛肝菌须多放蒜，否则容易使人晕倒。青头菌比牛肝菌略贵。这种菌子炒熟了也还是浅绿色的，格调比牛肝菌高。菌中之王是鸡㙡，味道鲜浓，无可方比。鸡㙡是名贵的山珍，但并不真的贵得惊人。一盘红烧鸡㙡的价钱和一碗黄焖鸡不相上下，因为这东西在云南并不难得。有一个笑话：有人从昆明坐火车到呈贡，在车上看到地上有一棵鸡枞，他跳下去把鸡枞捡了，紧赶两步，还能爬上火车。这笑话用意在说明昆明到呈贡的火车之慢，但也说明鸡枞随处可见。有一种菌子，中吃不中看，叫作干巴菌。乍一看那样子，真叫人怀疑：这种东西也能吃？！颜色深褐带绿，有点像一堆半干的牛粪或一个被踩破了的马蜂窝。里头还有许多草茎、松毛，乱七八糟！可是下点功夫，把草茎松毛择净，撕成蟹腿肉粗细的丝，和青辣椒同炒，入口便会使你张目结舌：这东西这么好吃？！还有一种菌子，中看不中吃，叫鸡油菌。都是一般大小，有一块银元那样大，滴溜儿圆，颜色浅黄，恰似鸡油一样。这种菌子只有做菜时配色用，没甚味道。

雨季的果子，是杨梅。卖杨梅的都是苗族女孩子，戴一顶小花帽子，穿着扳尖的绣了满帮花的鞋，坐在人家阶石的一角，不时吆喝一声："卖杨梅——"，声音娇娇的。她们的声音使得昆明雨季的空气更加柔和了。昆明的杨梅很大，有一个乒乓球那样大，颜色黑红黑红的，叫作"火炭梅"。这个名字起得真好，真是像一球烧得炽红的火炭！一点都不酸！我吃过苏州洞庭山的杨梅、井冈山的杨梅，好像都比不上昆明的火炭梅。

雨季的花是缅桂花。缅桂花即白兰花，北京叫作"把儿兰"（这个名字真不好听）。云南把这种花叫作缅桂花，可能最初这种花是从缅甸传入的，而花的香味又有点像桂花，其实这跟桂花实在没有什么关系。——不过话又说回来，别处叫它白兰、把儿兰，它和兰也挨不上呀，也不过是因为它很香，香得像兰花。我在家乡看到的白兰多是一人高，昆明的缅桂是大树！我在若园巷二号住过，院里有一棵大缅桂，密密的叶子，把四周房间都映绿了。缅桂盛开的时候，房东（是一个五十多岁的寡妇）和她的一个养女，搭了梯子上去摘，每天要摘下来好些，拿到花市上去卖。她大概是怕房客们乱摘她的花，时常给各家送去一些。有时送来一个七寸盘子，里面摆得满满的缅桂花！带着雨珠的缅桂花使我的心软软的，不是怀人，不是思乡。

　　雨，有时是会引起人一点淡淡的乡愁的。李商隐的《夜雨寄北》是为许多久客的游子而写的。我有一天在积雨少住的早晨和德熙从联大新校舍到莲花池去。看了池里的满池清水，看了着比丘尼装的陈圆圆的石像（传说陈圆圆随吴三桂到云南后出家，暮年投莲花池而死），雨又下起来了。莲花池边有一条小街，有一个小酒店，我们走进去，要了一碟猪头肉，半市斤酒（装在上了绿釉的土瓷杯里），坐了下来。雨下大了。酒店有几只鸡，都把脑袋反插在翅膀下面，一只脚着地，一动也不动地在檐下站着。酒店院子里有一架大木香花。昆明木香花很多。有的小河沿岸都是木香。但是这样大的木香却不多见。一棵木香，爬在架上，把院子遮得严严的。密匝匝的细碎的绿叶，数不清的半开的白花和饱满的花骨朵，都被雨水淋得湿透了。我们走不了，就这样一直坐到午后。四十年后，我还忘不了那天的情味，写了一首诗：

> 莲花池外少行人，
> 野店苔痕一寸深。
> 浊酒一杯天过午，
> 木香花湿雨沉沉。

我想念昆明的雨。

一九八四年五月十九日

载一九八四年第十期《北京文学》

昆明的果品

梨

我们刚到昆明的时候，满街都是宝珠梨。宝珠梨形正圆，——"宝珠"大概即由此得名，皮色深绿，肉细嫩无渣，味甜而多汁，是梨中的上品。我吃过河北的鸭梨、山东的莱阳梨、烟台的茄梨……宝珠梨的味道和这些梨都不相似。宝珠梨有宝珠梨的特点。只是因为出在云南，不易远运，外省人知道的不多，名不甚著。

昆明卖梨的办法颇为新鲜，论"十"，不论斤，"几文一十"，一次要买就是十个；三个、五个，不卖。据说这是因为卖梨的不会算账，零买，他不知道要多少钱。恐怕也不见得，这只是一种古朴的习惯而已。宝珠梨大小都差不多，很"匀溜"，没有太大和很小的，论十要价，倒也公道。我们那时的胃口也很惊人，一次吃下十只梨不算一回事。现在这种"论十"的办法大概已经改变了，想来已经都用磅秤约斤了。

还有一种梨叫"火把梨"，即北方的红绡梨，所以名为火把，是因为皮色黄里带红，有的竟是通红的。这种梨如果挂在树上，太阳一照，就更像是一个一个点着了的小火把了。火把梨味道远不如宝珠梨，——酸！但是如果走长路，带几个在身上，到中途休憩时，嚼上两个，是很能"杀渴"的。

我曾和几个朋友骑马到金殿。下马后，买了十个火把梨，赶马的（昆明租马，马的主人大都要随在马后奔跑）也买了十个。我们买梨是自己吃，赶马的却是给马吃。他把梨托在手里，马就掀动嘴唇，把梨咬破，咯吱咯吱嚼起来。看它一边吃，一边摇脑袋，似乎觉得梨很好吃。我从来没见过马吃梨。看见过马吃梨的人大概不多。吃过梨的马大概也不多。

石　榴

河南石榴，名满天下。"白马甜榴，一实值牛"，北魏以来，即有口碑。我在北京吃过河南石榴，觉得盛名之下，其实难副。粒小、色淡、味薄，比起昆明的宜良石榴差得远了。宜良石榴都很大，个个开裂，颗粒甚大，色如红宝石，——有一种名贵的红宝石即名为"石榴米"，味道很甜。苏东坡曾谓读贾岛诗如食小鱼，"所得不偿劳"，我小时吃石榴，觉得吃得一嘴籽儿，而吮不出多少味道，真是"所得不偿劳"，在昆明吃宜良石榴却无此感，觉得很满足，很值得。

昆明有石榴酒，乃以石榴米于白酒中泡成，酒色透明，略带浅红，稍有甜味，仍极香烈。

不知道为什么，昆明人把宜良叫成米良。

桃

昆明桃大分为离核和"面核"两种。桃甚大，一个即可吃饱。我曾在暑假中，在桃子下来的时候，买一个很大的离核黄桃当早点。一瓣两半，紫核黄肉，香甜满口，至今难忘。

杨 梅

昆明杨梅名火炭梅，极大极甜，颜色黑紫，正如炽炭。卖杨梅的苗族女孩常用鲜绿的树叶衬着，炎炎熠熠，数十步外，摄人眼目。

木 瓜

此所谓木瓜非华南的番木瓜。

《辞海》："木瓜，植物名。……亦称'楤楂'。蔷薇科。落叶灌木或小乔木。树皮常作片状剥落，痕迹鲜明。叶椭圆状卵形，有锯齿，嫩叶背面被绒毛。春末夏初开花，花淡红色。果实秋季成熟，长椭圆形，长十至十五厘米，淡黄色，味酸涩，有香气。……"

木瓜我是很熟悉的，我的家乡有。每当炎暑才退，菊绽蟹肥之际，即有木瓜上市。但是在我的家乡，木瓜只是用来闻香的。或放在瓷盘里，作为书斋清供；或取其体小形正者于手中把玩，没有吃的。且不论其味酸涩，就是那皮肉也是硬得咬不动的。至于木瓜可以入药，那我是知道的。

我到昆明，才第一次知道木瓜可以吃。昆明人把木瓜切成薄片，浸泡在水里（水里不知加了什么东西），用一个桶形的玻璃罐子装着，于水果店的柜台上出卖。我吃过，微酸，不涩，香脆爽口，别有风味。

中国古代大概是吃木瓜的。唐以前我不知道。宋代人肯定是吃的。《东京梦华录·是（六）月巷陌杂实》有"药木瓜、水木瓜"。《梦粱录·果之品》："木瓜，青色而小，土人劁片爆熟，入香药货之；或糖煎，名爁木瓜。"《武林旧事·果子》有"爁木瓜"，《凉水》有"木瓜汁。"看来昆明市上所卖的木瓜当是"水木瓜"。浸泡木瓜的水即当是"木瓜汁"。至于"爁木瓜"则我于昆明尚未见过，这大概是以药物泡制，如广东的陈皮梅、泉州的霉姜一类的东西，木瓜的本味已经保存不多了。

我觉得昆明吃木瓜的方法可以在全国推广。吃木瓜，从某种意义上，也可以说是我们国家的一项文化遗产。

地 瓜

地瓜不是水果，但对吃不起水果的穷大学生来说，它也就算是水果了。

地瓜，湖南、四川叫作凉薯或良薯。它的好处是可

春初新韭 秋末晚菘
汪曾祺散文精选

以不用刀削皮，用手指即可沿藤茎把皮撕净，露出雪白的薯肉。甜，多水。可以解渴，也可充饥。这东西有一股土腥气。但是如果没有这点土腥气，地瓜也就不成其为地瓜了，它就会是另外一种什么东西了。正是这点土腥气让我想起地瓜，想起昆明，想起我们那一段穷日子，非常快乐的穷日子。

胡萝卜

联大的女同学吃胡萝卜成风。这是因为女同学也穷，而且馋。昆明的胡萝卜也很好吃。昆明的胡萝卜是浅黄色的，长至一尺以上，脆嫩多汁而有甜味，胡萝卜味儿也不是很重。胡萝卜有胡萝卜素，含维生素C，对身体有益，这是大家都知道的。不知道是谁提出，胡萝卜还含有微量的砒，吃了可以驻颜。这一来，女同学吃胡萝卜的就更多了。她们常常一把一把地买来吃。一把有十多根。她们一边谈着克列斯丁娜·罗赛蒂的诗、布朗底的小说，一边咯吱咯吱地咬胡萝卜。

核桃糖

昆明的核桃糖是软的，不像稻香村卖的核桃粘或椒盐核桃。把蔗糖熬化，倾在瓷盆里，和核桃肉搅匀，反扣在木板上，就成了。卖的时候用刀沿边切块卖，就跟北京卖切糕似的。昆明核桃糖极便宜，便宜到令人不敢相信。华山南路口，青莲街拐角，直对逼死坡，有一家高台阶门脸，卖核桃糖。我们常常从市里回联大，路过这一家，花极少的钱买一大块，边吃边走，一直走进翠湖，才能吃完。然后在湖水里洗洗手，到茶馆里喝茶。核桃在有些地方是贵重的山果，在昆明不算什么。

糖炒栗子

昆明的糖炒栗子，天下第一。第一，栗子都很大。第二，炒得很透，颗颗裂开，轻轻一捏，外壳即破，栗肉进出，无一颗"护皮"。第三，真是"糖炒栗子"，一边炒，一边往锅里倒糖水，甜味透心。在昆明吃炒栗子，吃完了非洗手不可，——指头上粘得都是糖。

呈贡火车站附近，有一大片栗树林，方圆数里。树皆合抱，枝叶浓密，树上无虫蚁，树下无杂草，干净之极，我曾几次骑马过栗树林，如入画境。

载一九八五年第四期《滇池》

昆明的花

茶　花

张岱的文章里不止一次提到"滇茶一本"，云南茶花驰名久矣。茶花曾被选为云南省花。曾见过一本《云南茶花》照相画册，印制得很精美，大概就是那一年编印的。茶花品种很多，颜色、花形各异。滇茶为全国第一，在全世界也是有数的。这大概是因为云南的气候土壤都于茶花特别相宜。

西山某寺（偶忘寺名）有一棵很大的红茶花。一棵茶花，占了大雄宝殿前的院子的一多半，——寺庙的庭院都是很大的。花开时，至少有上百朵，花皆如汤碗口大。碧绿的厚叶子，通红的花头，使人不暇仔细观赏，只觉得烈烈轰轰的一大片，真是壮观。寺里的和尚怕树身负担不了那么多花头的重量，用杉木搭了很大的架子，支撑着四面的枝条。我一生没有看见过这样高大的茶花。

茶花的花期很长。我似乎没有见过一朵凋败在树上的茶花。这也是茶花的可贵之处。

汤显祖把他的居室名为"玉茗堂"。俞平伯先生在一篇文章里说，玉茗是一种名贵的白茶花。我在《云南茶花》那本画册里好像没有发现"玉茗"这一名称。不过我相信云南是一定有玉茗的，也许叫作什么别的名字。

樱 花

春雨既足，风和日暖，圆通公园樱花盛开。花开时，游人很多，蜜蜂也很多。圆通公园多假山，樱花就开在假山的上上下下。樱花无姿态，花形也平常，不耐细看，但是当得一个"盛"字。那么多的花，如同明霞绛雪，真是热闹！身在耀眼的花光之中，满耳是嗡嗡的蜜蜂声音，使人觉得有点晕晕乎乎的。此时人与樱花已经融为一体。风和日暖，人在花中，不辨为人为花。

兰 花

曾到一位绅士家做客，——他的女儿是我们的同学。这位绅士曾经当过一任教育总长，多年闲居在家，每天除了看看报纸，研究在很远的地方进行的战争，谈谈中国的线装书和法国小说，剩下的嗜好是种兰花。他的客厅里摆着几十盆兰花。这间屋子仿佛已为兰花的香气所窨透，纱窗竹帘，无不带有淡淡的清香。屋里屋外都静极了。坐在这间客厅里，用细瓷盖碗喝着"滇绿"，看看披拂的兰叶，清秀素雅的兰花箭子，闻嗅着兰花的香气，真不知身在何世。

我的一位老师曾在呈贡桃园住过几年，他的房东也是爱种兰花的。隔了差不多四十年，这位先生还健在，已经是一位老者了。经过"文化大革命"，他的兰花居然能保存了下来。他的女儿要到北京来玩，劝说她父亲也到北京走走，老人不同意，他说："我的这些兰花咋个整？"

缅桂花

昆明缅桂花多，树大，叶茂，花繁。每到雨季，一城都是缅桂花的浓香，我已于《昆明的雨》中说及，不复赘。

粉团花

粉团花即绣球。昆明人谓之"粉团"，亦有理致。

云南民歌："阿妹好像粉团花"，用绣球花来比拟少女，别处的民歌里好像还未见过。于此可见云南绣球甚多，遍布城乡，所以歌手们能近取譬。

康乃馨·菖兰· 夜来香

康乃馨昆明人谓之洋牡丹，菖兰即剑兰，夜来香在有的地方叫作晚香玉。这都是插瓶的花。康乃馨有红的、粉的、白的。菖兰的颜色更多，粉色的，白色的，黄色的，紫得发黑的。夜来香洁白如玉。昆明近日楼有一个很大的花市，卖花的把水灵灵的鲜花摊在一片芭蕉叶上卖。鲜花皆烂贱。买一大把鲜花和称二斤青菜的价钱差不多。

波斯菊和美人蕉

波斯菊叶子极细碎轻柔，花粉紫色，单瓣，瓣极薄。微风吹拂，花叶动摇，如梦如烟。

我原以为波斯菊只有南方有，后来在张家口坝上沽源县的街头也看见了这种花，只是塞北少雨水，花开得不如昆明滋润。在沽源看见波斯菊使我非常惊喜，因为它使我一下子想起了昆明。

波斯菊真是从波斯传来的么？那么你是一位远客了。

昆明的美人蕉皆极壮大，花也大，浓红如鲜血。红花绿叶，对比鲜明。我曾到郊区一中学去看一个朋友，未遇。学校已经放了暑假，一个人没有，安安静静的，校园的花圃里一大片美人蕉赫然地开着鲜红鲜红的大花。我感到一种特殊的，颜色强烈的寂寞。

叶子花

叶子花别处好像是叫作三角梅，昆明人就老实不客气地叫它叶子花，因为它的花瓣和叶子完全一样，只是长条的顶端的十几撮花的颜色是紫红的，而下边的叶子是深绿的。青莲街拐角有一家很大的公馆，围墙的墙头上种的都是叶子花。墙头上种花，少有。

报春花

我想查一查报春花的资料。家里只有一本《辞海》。我相信《辞海》里是不会收这一条的。报春花不是名花。但我还是抱着姑且查查看的心情翻开了《辞海》，不料竟有！

"报春花……一年生草本。叶基生，长卵形，顶端圆钝，基部楔形或心形，边缘有不整齐缺裂，缺裂具细锯齿，上面被纤毛，下面有白粉或疏毛。秋季开花，花高脚碟状，红色或淡紫色，伞形花序2～4轮，蒴果球形。多生于荒野、田边。原产我国云南、贵州。各地栽培，供观赏。"

不错，不错！就是它，就是它！难得是它把报春花描写得这样仔细。尤其使我欢喜的，是它告诉我云南是报春花的老家。

我在北京的一家花店里重遇报春花，栽在花盆里，标价一元一盆。我不禁笑了：这种东西也卖钱！我们在昆明市，到田边散步，一扯就是一大把！

一九八五年六月九日

载一九八六年第三期《滇池》

春初新韭 秋末晚菘
汪曾祺散文精选

沈从文先生在西南联大

　　沈先生在联大开过三门课：各体文习作、创作实习和中国小说史。三门课我都选了，——各体文习作是中文系二年级必修课，其余两门是选修。西南联大的课程分必修与选修两种。中文系的语言学概论、文字学概论、文学史（分段）……是必修课，其余大都是任凭学生自选。《诗经》、《楚辞》、《庄子》、《昭明文选》、唐诗、宋诗、词选、散曲、杂剧与传奇……选什么，选哪位教授的课都成。但要凑够一定的学分（这叫"学分制"）。一学期我只选两门课，那不行。自由，也不能自由到这种地步。

　　创作能不能教？这是一个世界性的争论问题。很多人认为创作不能教。我们当时的系主任罗常培先生就说过：大学是不培养作家的，作家是社会培养的。这话有道理。沈先生自己就没有上过什么大学。他教的学生后来成为作家的，也极少。但是也不是绝对不能教。沈先生的学生现在能算是作家的，也还有那么几个。问题是由什么样的人来教，用什么方法教。现在的大学里很少开创作课的，原因是找不到合适的人来教。偶尔有大学开这门课的，收效甚微，原因是教得不甚得法。

教创作靠"讲"不成。如果在课堂上讲鲁迅先生所讥笑的"小说作法"之类，讲如何作人物肖像，如何描写环境，如何结构，结构有几种——攒珠式的、橘瓣式的……那是要误人子弟的，教创作主要是让学生自己"写"。沈先生把他的课叫作"习作""实习"，很能说明问题。如果要讲，那"讲"要在"写"之后。就学生的作业，讲他的得失。教授先讲一套，让学生照猫画虎，那是行不通的。

沈先生是不赞成命题作文的，学生想写什么就写什么。但有时在课堂上也出两个题目。沈先生出的题目都非常具体。我记得他曾给我的上一班同学出过一个题目："我们的小庭院有什么。"有几个同学就这个题目写了相当不错的散文，都发表了。他给比我低一班的同学曾出过一个题目："记一间屋子里的空气！"我的那一班出过些什么题目，我倒不记得了。沈先生为什么出这样的题目？他认为：先得学会车零件，然后才能学组装。我觉得先做一些这样的片段的习作，是有好处的，这可以锻炼基本功。现在有些青年文学爱好者，往往一上来就写大作品，篇幅很长，而功力不够，原因就在零件车得少了。

沈先生的讲课，可以说是毫无系统。前已说过，他大都是看了学生的作业，就这些作业讲一些问题。他是经过一番思考的，但并不去翻阅很多参考书。沈先生读很多书，但从不引经据典，他总是凭自己的直觉说话，从来不说亚里士多德怎么说、福楼拜怎么说、托尔斯泰怎么说、高尔基怎么说。他的湘西口音很重，声音又低，有些学生听了一堂课，往往觉得不知道听了一些什么。沈先生的讲课是非常谦抑，非常自制的。他不用手势，没有任何舞台道白式的腔调，没有一点哗众取宠的江湖气。他讲得很诚恳，甚至很天真。但是你要是真正听"懂"了他的话，——听"懂"了他的话里并未发挥罄尽的余意，你是会受益匪浅，而且会终生受用的。听沈先生的课，要像孔子的学生听孔子讲话一样："举一隅而三隅反。"

沈先生讲课时所说的话我几乎全都忘了（我这人从来不记笔记）！我们有一个同学把闻一多先生讲唐诗课的笔记记得极详细，现已整理出版，书名就叫《闻一多论唐诗》，很有学术价值，就是不知道他把闻先生讲唐诗时的"神气"记下来了没有。我如果把沈先生讲课时的精辟见解记下来，也可以成为一本《沈从文论创作》。可惜我不是这样的有心人。

沈先生关于我的习作讲过的话我只记得一点了，是关于人物对话的。我写了一篇小说（内容早已忘记干净），有许多对话。我竭力把对话写得美一点，有诗意，有哲理。沈先生说："你这不是对话，是两个聪明脑壳打架！"从此我知道对话就是人物所说的普普通通的话，要尽量写得朴素。不要哲理，不要诗意。这样才真实。

沈先生经常说的一句话是："要贴到人物来写。"很多同学不懂他的这句话是什么意思。我以为这是小说学的精髓。据我的理解，沈先生这句极其简略的话包含这样几层意思：小说里，人物是主要的，主导的；其余部分都是派生的，次要的。环境描写、作者的主观抒情、议论，都只能附着于人物，不能和人物游离，作者要和人物同呼吸、共哀乐。作者的心要随时紧贴着人物。什么时候作者的心"贴"不住人物，笔下就会浮、泛、飘、滑，花里胡哨，故弄玄虚，失去了诚意。而且，作者的叙述语言和人物相协调。写农民，叙述语言要接近农民；写市民，叙述语言要近似市民。小说要避免"学生腔"。

我以为沈先生这些话是浸透了淳朴的现实主义精

神的。

沈先生教写作，写的比说的多，他常常在学生的作业后面写很长的读后感，有时会比原作还长。这些读后感有时评析本文得失，也有时从这篇习作说开去，谈及有关创作的问题，见解精到，文笔讲究。——一个作家应该不论写什么都写得讲究。这些读后感也都没有保存下来，否则是会比《废邮存底》（沈从文作品）还有看头的。可惜！

沈先生教创作还有一种方法，我以为是行之有效的，学生写了一个作品，他除了写很长的读后感之外，还会介绍你看一些与你这个作品写法相近似的中外名家的作品。记得我写过一篇不成熟的小说《灯下》，记一个店铺里上灯以后各色人的活动，无主要人物、主要情节，散散漫漫。沈先生就介绍我看了几篇这样的作品，包括他自己写的《腐烂》。学生看看别人是怎样写的，自己是怎样写的，对比借鉴，是会有长进的。这些书都是沈先生找来，带给学生的。因此他每次上课，走进教室里时总要夹着一大撂书。

沈先生就是这样教创作的。我不知道还有没有别的更好的方法教创作。我希望现在的大学里教创作的老师能用沈先生的方法试一试。

学生习作写得较好的，沈先生就做主寄到相熟的报刊上发表。这对学生是很大的鼓励。多年以来，沈先生就干着给别人的作品找地方发表这种事。经他的手介绍出去的稿子，可以说是不计其数了。我在一九四六年前写的作品，几乎全都是沈先生寄出去的。他这辈子为别人寄稿子用去的邮费也是一个相当可观的数目了。为了防止超重太多，节省邮费，他大都把原稿的纸边裁去，只剩下纸芯。这当然不大好看。但是抗战时期，百物昂贵，不能不打这点小算盘。

沈先生教书，但愿学生省点事，不怕自己麻烦。他讲《中国小说史》，有些资料不易找到，他就自己抄，用夺金标毛笔，筷子头大的小行书抄在云南竹纸上。这种竹纸高一尺，长四尺，并不裁断，抄得了，卷成一卷。上课时分发给学生。他上创作课夹了一摞书，上小说史时就夹了好些纸卷。沈先生做事，都是这样，一切自己动手，细心耐烦。他自己说他这种方式是"手工业方式"。他写了那么多作品，后来又写了很多大部头关于文物的著作，都是用这种手工业方式搞出来的。

沈先生对学生的影响，课外比课堂上要大得多。他后来为了躲避日本飞机空袭，全家移住到呈贡桃园新村，每星期上课，进城住两天。文林街二十号联大教职员宿

春初新韭 秋末晚菘
汪曾祺散文精选

舍有他一间屋子。他一进城，宿舍里几乎从早到晚都有客人。客人多半是同事和学生，客人来，大都是来借书，求字，看沈先生收到的宝贝，谈天。

沈先生有很多书，但他不是"藏书家"，他的书，除了自己看，也是借给人看的，联大文学院的同学，多数手里都有一两本沈先生的书，扉页上用淡墨签了"上官碧"的名字。谁借了什么书，什么时候借的，沈先生是从来不记得的。直到联大"复员"，有些同学的行装里还带着沈先生的书，这些书也就随之而漂流到四面八方了。沈先生书多，而且很杂，除了一般的四部书、中国现代文学、外国文学的译本，社会学、人类学、黑格尔的《小逻辑》、弗洛伊德、亨利•詹姆斯、道教史、陶瓷史、《髹饰录》《糖霜谱》……兼收并蓄，五花八门。这些书，沈先生大都认真读过。沈先生称自己的学问为"杂知识"。一个作家读书，是应该杂一点的。沈先生读过的书，往往在书后写两行题记。有的是记一个日期，那天天气如何，也有时发一点感慨。有一本书的后面写道："某月某日，见一大胖女人从桥上过，心中十分难过。"这两句话我一直记得，可是一直不知道是什么意思。大胖女人为什么使沈先生十分难过呢？

沈先生对打扑克简直是痛恨。他认为这样地消耗时间，是不可原谅的。他曾随几位作家到井冈山住了几天。这几位作家成天在宾馆里打扑克，沈先生说起来就很气愤："在这种地方打扑克！"沈先生小小年纪就学会掷骰子，各种赌术他也都明白，但他后来不玩这些。沈先生的娱乐，除了看看电影，就是写字。他写章草，笔稍偃侧，起笔不用隶法，收笔稍尖，自成一格。他喜欢写窄长的直幅，纸长四尺，阔只三寸。他写字不择纸笔，常用糊窗的高丽纸。他说："我的字值三分钱！"从前要求他写字的，他几乎有求必应。近年有病，不能握管，沈先生的字变得很珍贵了。

沈先生后来不写小说，搞文物研究了，国外、国内，很多人都觉得很奇怪。熟悉沈先生历史的人，觉得并不奇怪。沈先生年轻时就对文物有极其浓厚的兴趣。他对陶瓷的研究甚深，后来又对丝绸、刺绣、木雕、漆器……都有广博的知识。沈先生研究的文物基本上是手工艺制品。他从这些工艺品看到的是劳动者的创造性。他为这些优美的造型、不可思议的色彩、神奇精巧的技艺发出的惊叹，是对人的惊叹。他热爱的不是物，而是人，他对一件工艺品的孩子气的天真激情，使人感动。我曾戏称他搞的文物研究是"抒情考古学"。他八十岁生日，我曾写过一首诗送给他，中有一联——"玩物从来非丧志，著书老去为抒情"，是纪实。他有一阵在昆明收集了很多耿马漆盒。这种黑红两色刮花的圆形缅漆盒，昆明多的是，而且很便宜。沈先生一进城就到处逛地摊，选买这种漆盒。他屋里装甜食点心、装文具邮票……的，都是这种盒子。有一次买得一个直径一尺五寸的大漆盒，一再抚摩，说："这可以作一期《红黑》杂志的封面！"他买到的缅漆盒，除了自用，大多数都送人了。有一回，他不知从哪里弄到很多土家族的挑花布，摆得一屋子，这间宿舍成了一个展览室。来看的人很多，沈先生于是很快乐。这些挑花图案天真稚气而秀雅生动，确实很美。

　　沈先生不长于讲课，而善于谈天。谈天的范围很广，时局、物价……谈得较多的是风景和人物。他几次谈及玉龙雪山的杜鹃花有多大，某处高山绝顶上有一户人家，——就是这样一户！他谈某一位老先生养了二十只猫。谈一位研究东方哲学的先生跑警报时带了一只小皮箱，皮箱里没有金银财宝，装的是一个聪明女人写给他的信。谈徐志摩上课时带了一个很大的烟台苹果，一边吃，一边讲，还说："中国东西并不都比外国的差，烟台苹果就很好！"谈梁思成在一座塔上测绘内部结构，差一点从塔上掉下去。谈林徽因发着高烧，还躺在客厅里和客人谈文艺。他谈得最多的大概是金岳霖。金先生终生未娶，长期独身。他养了一只大斗鸡。这鸡能把脖子伸到桌上来，和金先生一起吃饭。他到处搜罗大石榴、大梨。买到大的，就拿去和同事的孩子的比，比输了，就把大梨、大石榴送给小朋友，他再去买！……沈先生谈及的这些人有共同特点。一是都对工作、对学问热爱到了痴迷的程度；二是为人天真到像一个孩子，对生活充满兴趣，不管在什么环境下永远不消沉沮丧，无机心，少俗虑。这些人的气质也正是沈先生的气质。"闻多素心人，乐与数晨夕"，沈先生谈及熟朋友时总是很有感情的。

文林街文林堂旁边有一条小巷，大概叫作金鸡巷，巷里的小院中有一座小楼。楼上住着联大的同学：王树藏、陈蕴珍（萧珊）、施载宣（萧荻）、刘北汜。当中有个小客厅。这小客厅常有熟同学来喝茶聊天，成了一个小小的沙龙。沈先生常来坐坐。有时还把他的朋友也拉来和大家谈谈。老舍先生从重庆过昆明时，沈先生曾拉他来谈过"小说和戏剧"。金岳霖先生也来过，谈的题目是"小说和哲学"。金先生是搞哲学的，主要是搞逻辑的，但是读很多小说，从普鲁斯特到《江湖奇侠传》。"小说和哲学"这题目是沈先生给他出的。不料金先生讲了半天，结论却是：小说和哲学没有关系。他说《红楼梦》里的哲学也不是哲学。他谈到兴浓处，忽然停下来，说："对不起,我这里有个小动物!"说着把右手从后脖领伸进去,捉出了一只跳蚤,甚为得意。有人问金先生为什么搞逻辑,金先生说:"我觉得它很好玩!"

沈先生在生活上极不讲究。他进城没有正经吃过饭,大都是在文林街二十号对面一家小米线铺吃一碗米线。有时加一个西红柿,打一个鸡蛋。有一次我和他上街闲逛,到玉溪街,他在一个米线摊上要了一盘凉鸡,还到附近茶馆里借了一个盖碗,打了一碗酒。他用盖碗盖子喝了一点,其余的都叫我一个人喝了。

沈先生在西南联大是一九三八年到一九四六年。一晃,四十多年了!

一九八六年一月二日上午

载一九八六年第五期《人民文学》

博　雅

　　德熙写信来，说吴征镒到北京了，希望我去他家聚一聚。我和吴征镒——按辈分我应当称他吴先生，但我们从前都称他为"吴老爷"，已经四十年不见了。他是研究植物的，现在是植物研究所的名誉所长。我们认识，却是因为唱曲子。在陶光（重华）的倡导下，云南大学组织了一个曲会。参加的是联大、云大的师生。有时还办"同期"，也有两校以外的曲友来一起唱。吴老爷是常到的。他唱老生，嗓子好，中气足，能把《弹词》的"九转货郎儿"一气唱到底，苍劲饱满，富于感情。除了唱曲子，他还写诗，新诗旧诗都写。我们见面，谈了很多往事。我问他还写不写诗了，他说早不写了，没有时间。曲子是一直还唱的。我说我早就想写一篇关于他的报告文学，他连说"不敢当，不敢当！"已经有好几篇关于他的报告文学了，他都不太满意。这也难怪，采访他的人大都侧重在他研究植物学的锲而不舍的精神，不大了解我们这位吴老爷的诗人气质。我说他的学术著作是"植物诗"，他没有反对。他说起陶光送给他的一副对联：

为有才华翻蕴藉，

每于朴素见风流。

这副对子很能道出吴征镒的品格。

当时和我们一起唱曲子的，不只是中文系、历史系的师生，也有理工学院的。数学系教授许宝就是一个。许家是昆曲世家，许先生唱得很讲究。我的《刺虎》就是他教的。生物系教授崔芝兰（女，一辈子研究蝌蚪的尾巴）几乎是每"期"必到，而且多半是唱《西楼记》。

西南联大的理工学院的教授兼能文事，——对文艺有兴趣，而且修养极高的，不乏其人。华罗庚先生善写散曲体的诗，是大家都知道的。有一次我在一家裱画店里看到一幅不大的银红蜡笺的单条，写的是极其秀雅流丽的文征明体的小楷。我当时就被吸引住了，走进去看了半天，一边感叹：现在能写这种文征明体的小字的人，不多了。看了看落款，却是：赵九章！赵九章是地球物理专家，后来是地球物理研究所的所长。真没想到，他还如此精于书法！

联大的学生也是如此。理工学院的学生大都看文学书。闻一多先生讲古代神话、罗膺中先生讲杜诗，大教室里里外外站了很多人听。他们很多是工学院的学生，他们从工学院所在的拓东路，穿过一座昆明城，跑到"昆中北院"来，就为了听两节课！

有人问我：西南联大的学风有些什么特点，这不好回答，但有一点可以提一提：博、雅。

解放以后，我们的学制，在中学就把学生分为文科、理科。这办法不一定好。

听说清华大学现在开了文学课，好！

载一九八六年八月二十五日《北京晚报》

春初新韭 秋末晚菘
汪曾祺散文精选

昆 明 菜

我这篇东西是写给外地人看的，不是写给昆明人看的。和昆明人谈昆明菜，岂不成了笑话！其实不如说是写给我自己看的。我离开昆明整四十年了，对昆明菜一直不能忘。

昆明菜是有特点的。昆明菜——云南菜不属于中国的八大菜系。很多人以为昆明菜接近四川菜，其实并不一样。四川菜的特点是麻、辣。多数四川菜都要放郫县豆瓣、泡辣椒，而且放大量的花椒，——必得是川椒。中国很多省的人都爱吃辣，如湖南、江西，但像四川人那样爱吃花椒的地方不多。重庆有很多小面馆，门面的白墙上多用黑漆涂写三个大字"麻、辣、烫"，老远的就看得见。昆明菜不像四川菜那样既辣且麻。大抵四川菜多浓厚强烈,而昆明菜则比较清淡纯和。四川菜调料复杂,昆明菜重本味。比较一下怪味鸡和汽锅鸡,便知二者区别所在。

汽锅鸡

中国人很会吃鸡。广东的盐焗鸡,四川的怪味鸡,常熟的叫花鸡,山东的炸八块,湖南的东安鸡,德州的扒鸡……如果全国各种做法的鸡来一次大奖赛,哪一种鸡该拿金牌?我以为应该是昆明的汽锅鸡。

是什么人想出了这种非常独特的吃法?估计起来,先得有汽锅,然后才有汽锅鸡。汽锅以建水所制者最佳。现在全国出陶器的地方都能造汽锅,如江苏的宜兴。但我觉得用别处出的汽锅蒸出来的鸡,都不如用建水汽锅做出的有味。这也许是我的偏见。汽锅既出在建水,那么,昆明的汽锅鸡也可能是从建水传来的吧?

原来在正义路近金碧路的路西有一家专卖汽锅鸡。这家不知有没有店号,进门处挂了一块匾,上书四个大字:"培养正气"。因此大家就径称这家饭馆为"培养正气"。过去昆明人一说"今天我们培养一下正气",听话的人就明白是去吃汽锅鸡。"培养正气"的鸡特别鲜嫩,而且屡试不爽。没有哪一次去吃了,会说"今天的鸡差点事!"所以能永远保持质量,据说他家用的鸡都是武定肥鸡。

鸡瘦则肉柴，肥则无味。独武定鸡极肥而有味。揭盖之后，汤清如水，而鸡香扑鼻。

听说"培养正气"已经没有了。昆明饭馆里卖的汽锅鸡已经不是当年的味道，因为用的不是武定鸡，什么鸡都有。

恢复"培养正气"，重新选用武定鸡，该不是难事吧？

昆明的白斩鸡也极好。玉溪街卖馄饨的摊子的铜锅上搁一个细铁条篦子，上面都放两三只肥白的熟鸡。随要，即可切一小盘。昆明人管白斩鸡叫"凉鸡"。我们常常去吃，喝一点酒，因为是坐在一张长板凳上吃的，有一个同学为这种做法起了一个名目，叫"坐失（食）良（凉）机（鸡）"。玉溪街卖的鸡据说是玉溪鸡。

华山南路与武成路交界处从前有一家馆子叫"映时春"，做油淋鸡极佳。大块鸡生炸，十二寸的大盘，高高地堆了一盘。蘸花椒盐吃。二十几岁的小伙子，七八个人，人得三五块，顷刻瓷盘见底矣。如此吃鸡，平生一快。

昆明旧有卖燻鸡杂的，挎腰圆食盒，串街唤卖。鸡肫鸡肝皆用篾条穿成一串，如北京的糖葫芦。鸡肠子盘紧如素鸡，买时旋切片。耐嚼，极有味，而价甚廉，为佐茶下酒妙品。估计昆明这样的小吃已经没有了。曾与老昆明谈起，全似孟元老《东京梦华录》中所记了也。

火　腿

　　云南宣威火腿与浙江金华火腿齐名，难分高下。金华火腿知道的人多，有许多品级。比较著名的是"雪舫蒋腿"。更高级的，以竹叶薰成的，谓之"竹叶腿"。宣威火腿似没有这么多讲究，只是笼统地叫作火腿。火腿出在宣威，据说宣威家家腌制，而集中销售地则在昆明。正义路牌坊东侧原来有一家火腿庄，除了卖整只、零切的火腿，还卖火腿骨、火腿油。上海卖金华火腿的南货店有时卖"火腿脚爪"，单卖火腿油，却没有听说过。火腿骨熬汤，火腿油炖豆腐，想来一定很好吃。

　　火腿作为提味的配料时多，单吃，似只有一种吃法，蒸熟了切片。从前有蜜炙火腿，不知好吃否。金华火腿按部位分油头、上腰、中腰，——再以下便是脚爪。昆明人吃火腿特重小腿至肘棒的那一部分，谓之"金钱片腿"，因为切开作圆形，当中是精肉，周围是肥肉，带着一圈薄皮。大西门外有一家本地饭馆，不大，很不整洁，但是菜品不少，金钱片腿是必备的。因为赶马的马锅头最爱吃这道菜，——这家饭馆的主要顾客是马锅头。马锅头兄弟一进门，别的菜还没有要，先叫："切一盘金钱

春初新韭 秋末晚菘
汪曾祺散文精选

片腿！"

一道昆明菜，不是以火腿为主料，但离开火腿却不成的，是"锅贴乌鱼"。这是东月楼的名菜。乃以乌鱼两片（乌鱼必活杀，鱼片须旋片），中夹兼肥带瘦的火腿一片，在平底铛上，以文火烙成，不加任何别的作料。鲜嫩香美，不可名状。

东月楼在护国路，是一家地道的昆明老馆子。除锅贴乌鱼外，尚有酱鸡腿，也极好。听说东月楼现在也没有了。

昆明吉庆祥的火腿月饼甚佳。今年中秋，北京运到一批，买来一尝，滋味犹似当年。

牛 肉

我一辈没有吃过昆明那样好的牛肉。

昆明的牛肉馆的特别处是只卖牛肉一样，——外带米饭、酒，不卖别的菜肴。这样的牛肉馆，据我所知，有三家。有一家在大西门外凤翥街，因为离西南联大很近，我们常去。我是由这家"学会"吃牛肉的。一家在小东门。而以小西门外马家牛肉馆为最大。楼上楼下，几十张桌子。牛肉馆的牛肉是分门别类地卖的。最常见的是汤片和冷片。白牛肉切薄片，浇滚烫的清汤，为汤片。冷片也是同样旋切的薄片，但整齐地码在盘子里，蘸甜酱油吃，（甜酱油为昆明所特有）。汤片、冷片皆极酥软，而不散碎。听说切汤片冷片的肉是整个一边牛蒸熟了的，我有点不相信：哪里有这样大的蒸笼，这样大的锅呢？但切片的牛肉确是很大的大块的。牛肉这样酥软，火候是要很足。有人告诉我，得蒸（或煮？）一整夜。其次是"红烧"。"红烧"不是别的地方加了酱油闷煮的红烧牛肉，也是清汤的，不过大概牛肉曾用红糟染过，故肉呈胭脂红色。"红烧"是切成小块的。这不用牛身上的"好"肉，如胸肉腿肉，带一些"筋头巴脑"，和汤、冷片相较，别是一种滋味。还有几种牛身上的特别部位，也分开卖。却都有代用的别名，不"会"吃的人听不懂，不知道这是什么东西。如牛肚叫"领肝"；牛舌叫"撩青"。很多地方卖舌头都讳言"舌"字，因为"舌"与"蚀"同音。无锡陆稿荐卖猪舌改叫"赚头"。广东饭馆把牛舌叫"牛脷"其实本是"牛利"，只是加了一个肉月偏旁，以示这是肉食。这都是反"蚀"之意而用之，讨个吉利。把舌头叫成"撩青"，别处没有听说过。稍想一下，是有道理的。牛吃青草，都是用舌头撩进嘴里的。这一别称很形象，但是太费解了。牛肉馆还有牛大筋卖。我有一次同一个女同学去吃马家牛肉馆，她问我："这是什么？"我实在不好回答。我在昆明吃过不少次牛大筋，只是因为它好吃，不是为了壮阳。"领肝""撩青""大筋"都是带汤的。牛肉馆不卖炒菜。上牛肉馆其实主要是来喝汤的，——汤好。

昆明牛肉馆用的牛都是小黄牛，老牛、废牛是不用的。

吃一次牛肉馆是花不了多少钱的，比一般小饭馆便宜，也好吃，实惠。

马家牛肉馆常有人托一搪瓷茶盘来卖小菜，藠头、腌蒜、腌姜、糟辣椒……有七八样。两三分钱即可买一小碟，极开胃。

马家牛肉店不知还有没有？如果没有了，就太可惜了。

昆明还有牛干巴，乃将牛肉切成长条，腌制晾干。小饭馆有炒牛干巴卖。这东西据说生吃也行。马锅头上路，总要带牛干巴，用刀削成薄片，酒饭均宜。

蒸　菜

昆明尚食蒸菜。正义路原来有一家。蒸鸡、蒸骨、蒸肉，都放在直径不到半尺的小蒸笼中蒸熟。小笼层层相叠，几十笼为一摞，一口大蒸锅上蒸着好几摞。蒸菜都酥烂，蒸鸡连骨头都能嚼碎。蒸菜有衬底。别处蒸菜衬底多为红薯、洋芋、白萝卜，昆明蒸菜的衬底却是皂角仁。皂角仁我是认识的。我们那里的少女绣花，常用小瓷碟蒸十数个皂角仁，用来"光"绒，取其滑润，并增光泽。我没有想到这东西能吃，且好吃。样子也好看，莹洁如玉。这么多的蒸菜，得用多少皂角仁，得多少皂角才能剥出这样多的仁呢？玉溪街里有一家也卖蒸菜。这家所卖蒸菜中有一色 rang（瓤）小瓜：小南瓜，挖出瓤，塞入肉蒸熟，很别致。很多地方都有 rang（瓤）菜，rang（瓤）冬瓜，rang（瓤）茄子，都是塞肉蒸熟的菜。rang（瓤）不知道怎么写，一般字典查不到这个字。或写成"酿"，则音义都不对。我们到北京后曾做过 rang（瓤）小瓜，终不似玉溪街的味道。大概这家因为是和许多其他蒸菜摆在一起蒸的，鸡、骨、肉的蒸气透入蒸小瓜的笼，故小瓜里的肉有瓜香，而包肉的瓜则带鲜味。单 rang（瓤）一瓜，不能腴美。

诸　菌

有朋友到昆明开会，我告诉他到昆明一定要吃吃菌子。他住在一旧交家里，把所有的菌子都吃了。回北京见到我，说："真是好！"

鸡㙡为菌中之王。甬道街有一家专做鸡㙡的馆子。这家还卖苦菜汤，是熬在一口大锅里，非常便宜，好吃。外省人说昆明有三怪：姑娘叫老太，芥菜叫苦菜。听昆明人说苦菜不是芥菜，别是一种。

前月有一直住在昆明的老同学来，说鸡㙡出在富民。有一次他们开会，从富民拉了一汽车鸡㙡来，吃得不亦乐乎。鸡㙡各处皆有，富民可能出得多一些。

青头菌、牛肝菌、干巴菌、鸡油菌，我在别的文章里已写过，不重复。昆明诸菌总宜鲜吃。鸡㙡可制成油鸡㙡，干巴菌可晾成干，可致远，然而风味减矣。

乳扇、乳饼

乳扇是晾干的奶皮子，乳饼即奶豆腐。这种奶制品我颇怀疑是元朝的蒙古兵传入云南的。然而蒙古人的奶制品只是用来佐奶茶，云南则作为菜肴。这两样其实只能"吃着玩"，不下饭的。

炒鸡蛋

炒鸡蛋天下皆有。昆明的炒鸡蛋特泡。一颠翻面，两颠出锅，动锅不动铲。趁热上桌，鲜亮喷香，逗人食欲。

番茄炒鸡蛋，番茄炒至断生，仍有清香，不疲软，鸡蛋成大块，不发死。番茄与鸡蛋相杂，颜色仍分明，不像北方的西红柿炒鸡蛋，炒得"一塌糊涂。"

映时春有雪花蛋，乃以鸡蛋清、温熟猪油于小火上，不住地搅拌，猪油与蛋清相入，油蛋交融。嫩如鱼脑，洁白而有亮光。入口即已到喉，齿舌都来不及辨别是何滋味，真是一绝。另有桂花蛋，则以蛋黄以同法制成。雪花蛋、桂花蛋上都洒了一层瘦火腿末，但不宜多，多则掩盖鸡蛋香味。鸡蛋这样的做法，他处未见。我在北京曾用此法作一盘菜待客，吹牛说"这是昆明做法"。客人尝后，连说"不错！不错！"且到处宣传。其实我做出的既不是雪花蛋，也不是桂花蛋，简直有点像山东的"假螃蟹"了！

炒青菜

袁子才《随园食单》指出：炒青菜须用荤油，炒荤菜当用素油，很有道理。昆明炒青菜都用猪油。昆明的青菜炒得好，因为：菜新鲜，油多，火爆，慎用酱油，起锅时一般不烹水或烹水极少，不盖锅（饭馆里炒青菜多不盖锅），或盖锅时间甚短。这样炒出来的青菜不失菜味，且不变色，视之犹如从园中初摘出来的一样。

菜花昆明叫椰花菜。北京炒菜花先以水焯过，再炒。这样就不如干脆加水煮成奶油菜花汤了。昆明炒椰花菜皆生炒，脆而不梗，干干净净。如加火腿，尤妙。

炒包谷只有昆明有。每年北京嫩玉米上市时，我都买一些回来抠出玉米粒加瘦肉末炒了吃。有亲戚朋友来，觉得很奇怪："玉米能做菜？"尝了两筷子，都说"好吃"。炒包谷做法简单，在北京的一个很小的范围内已经推广。有一个西南联大的校友请几个老同学上家里聚一聚，特别声明："今天有一道昆明菜！"端上来，是炒包谷。包谷既老，放了太多的肉，大量酱油，还加了很多水咕嘟了！我跟他说："你这样的炒包谷，能把昆明人气死。"

临离昆明前我和朱德熙在一家饭馆里吃了一盘肉炒

菠菜，当时叫绝，至今不忘。菠菜极嫩（北京人爱吃长成小树一样的菠菜，真不可解），油极大，火甚匀，味极鲜。炒菠菜要尽量少动铲子。频频翻锅，菠菜就会发黑，且有涩味。

黑芥·韭菜花·茄子酢

昆明谓黑大头菜为黑芥。袁子才以为大头菜偏宜肉炒，很对。大头菜得肉，香味才能发出。我们有时几个人在昆明饭馆里吃饭，一看菜不够了，就赶紧添叫一盘黑芥炒肉。一则这个菜来得快；二则极下饭，且经吃。

韭菜花出曲靖。名为韭菜花，其实主料是切得极细晾干的萝卜丝。这是中国咸菜里的"神品"。这一味小菜按说不用多少成本，但价钱却颇贵，想是因为腌制很费工。昆明人家也有自己腌韭菜花的。这种韭菜花和北京吃涮羊肉做调料的韭菜花不是一回事，北京人万勿误会。

茄子酢是茄子切细丝，风干，封缸，发酵而成。我很怀疑这属于古代的菹。菹，郭沫若以为可能是泡菜。《说文解字》"菹"字下注云："酢菜也。"我觉得可能就是茄子酢一类的东西。中国以酢为名的小菜别处也有，湖南有"酢辣子"。古书里凡从酉的字都跟酒有点关系。茄子酢和酢辣子都是经过酒化了的，吃起来带酒香。

　　　　　　　　　　　载一九八七年第一期《滇池》

金岳霖先生

　　西南联大有许多很有趣的教授，金岳霖先生是其中的一位。金先生是我的老师沈从文先生的好朋友。沈先生当面和背后都称他为"老金"。大概时常来往的熟朋友都这样称呼他。关于金先生的事，有一些是沈先生告诉我的。我在《沈从文先生在西南联大》一文中提到过金先生。有些事情在那篇文章里没有写进，觉得还应该写一写。

　　金先生的样子有点怪。他常年戴着一顶呢帽，进教室也不脱下。每一学年开始，给新的一班学生上课，他的第一句话总是："我的眼睛有毛病，不能摘帽子，并不是对你们不尊重，请原谅。"他的眼睛有什么病，我不知道，只知道怕阳光。因此他的呢帽的前檐压得比较低，脑袋总是微微地仰着。他后来配了一副眼镜，这副眼镜一只的镜片是白的，一只是黑的。这就更怪了。后来在美国讲学期间把眼睛治好了，——好一些，眼镜也换了，但那微微仰着脑袋的姿态一直还没有改变。他身材相当高大，经常穿一件烟草黄色的麂皮夹克，天冷了就在里面围一条很长的驼色的羊绒围巾。联大的教授穿衣服是各色各样的。闻一多先生有一阵穿一件式样过时的灰色旧夹袍，是一个亲戚送给他的，领子很高，袖口极窄。联大有一次在龙云的长子，蒋介石的干儿子龙绳武家里开校友会，——龙云的长媳是清华校友，闻先生在会上大骂"蒋介石，王八蛋！混蛋！"那天穿的就是这件高领窄袖的旧夹袍。朱自清先生有一阵披着一件云南赶马人穿的蓝色毡子的一口钟。除了体育教员，教授里穿夹克的，好像只有金先生一个人。他的眼神即使是到美国治了后也还是不大好，走起路来有点深一脚浅一脚。他就这样穿着黄夹克，微仰着脑袋，深一脚浅一脚地在联大新校舍的一条土路上走着。

金先生教逻辑。逻辑是西南联大规定文学院一年级学生的必修课，班上学生很多，上课在大教室，坐得满满的。在中学里没有听说有逻辑这门学问，大一的学生对这课很有兴趣。金先生上课有时要提问，那么多的学生，他不能都叫得上名字来，——联大是没有点名册的，他有时一上课就宣布："今天，穿红毛衣的女同学回答问题。"于是所有穿红衣的女同学就都有点紧张，又有点兴奋。那时联大女生在蓝阴丹士林旗袍外面套一件红毛衣成了一种风气。——穿蓝毛衣、黄毛衣的极少。问题回答得流利清楚，也是件出风头的事。金先生很注意地听着，完了，说："Yes！请坐！"

学生也可以提出问题，请金先生解答。学生提的问题深浅不一，金先生有问必答，很耐心。有一个华侨同学叫林国达，操广东普通话，最爱提问题，问题大都奇奇怪怪。他大概觉得逻辑这门学问是挺"玄"的，应该提点怪问题。有一次他又站起来提了一个怪问题，金先生想了一想，说："林国达同学，我问你一个问题：Mr. 林国达 is perpendicular to the blackboard（林国达君垂直于黑板），这什么意思？"林国达傻了。林国达当然无法垂直于黑板，但这句话在逻辑上没有错误。

林国达游泳淹死了。金先生上课，说："林国达死了，很不幸。"这一堂课，金先生一直没有笑容。

有一个同学，大概是陈蕴珍，即萧珊，曾问过金先生："您为什么要搞逻辑？"逻辑课的前一半讲三段论，大前提、小前提、结论、周延、不周延、归纳、演绎……还比较有意思。后半部全是符号，简直像高等数学。她的意思是：这种学问多么枯燥！金先生的回答是："我觉得它很好玩。"

除了文学院大一学生必修逻辑，金先生还开了一门"符号逻辑"，是选修课。这门学问对我来说简直是天书。选这门课的人很少，教室里只有几个人。学生里最突出的是王浩。金先生讲着讲着，有时会停下来，问："王浩，你以为如何？"这堂课就成了他们师生二人的对话。王浩现在在美国。前些年写了一篇关于金先生的较长的文章，大概是论金先生之学的，我没有见到。

王浩和我是相当熟的。他有个要好的朋友王景鹤，和我同在昆明黄土坡一个中学教书，王浩常来玩。来了，常打篮球。大都是吃了午饭就打。王浩管吃了饭就打球叫"练盲肠"。王浩的相貌颇"土"，脑袋很大，剪了一个光头，——联大同学剪光头的很少，说话带山东口音。他现在成了洋人——美籍华人，国际知名的学者，我实在想象不出他现在是什么样子。前年他回国讲学，托一个同学要我给他画一张画。我给他画了几个青头菌、牛肝菌，一根大葱，两头蒜，还有一块很大的宣威火腿。——火腿是很少入画的。我在画上题了几句话，有一句是"以慰王浩异国乡情"。王浩的学问，原来是师承金先生的。

一个人一生哪怕只教出一个好学生，也值得了。当然，金先生的好学生不止一个人。

金先生是研究哲学的，但是他看了很多小说。从普鲁斯特到福尔摩斯，都看。听说他很爱看平江不肖生的《江湖奇侠传》。有几个联大同学住在金鸡巷，陈蕴珍、王树藏、刘北汜、施载宣（萧荻）。楼上有一间小客厅。沈先生有时拉一个熟人去给少数爱好文学、写写东西的同学讲一点什么。金先生有一次也被拉了去。他讲的题目是《小说和哲学》。题目是沈先生给他出的。大家以为金先生一定会讲出一番道理。不料金先生讲了半天，结论却是：小说和哲学没有关系。有人问：那么《红楼梦》呢？金先生说："红楼梦里的哲学不是哲学。"他讲着讲着，忽然停下来："对不起，我这里有个小动物。"他把右手伸进后脖颈，捉出了一个跳蚤，捏在手指里看看，甚为得意。

金先生是个单身汉（联大教授里不少光棍，杨振声先生曾写过一篇游戏文章《释鳏》，在教授间传阅），无儿无女，但是过得自得其乐。他养了一只很大的斗鸡（云南出斗鸡）。这只斗鸡能把脖子伸上来，和金先生一个桌子吃饭。他到处搜罗大梨、大石榴，拿去和别的教授的孩子比赛。比输了，就把梨或石榴送给他的小朋友，他再去买。

金先生朋友很多，除了哲学家的教授外，时常来往的，据我所知，有梁思成、林徽因夫妇，沈从文，张奚若……君子之交淡如水，坐定之后，清茶一杯，闲话片刻而已。金先生对林徽因的谈吐才华，十分欣赏。现在的年轻人多不知道林徽因。她是学建筑的，但是对文学的趣味极高，精于鉴赏，所写的诗和小说如《窗子以外》《九十九度中》风格清新，一时无二。林徽因死后，有一年，金先生在北京饭店请了一次客，老朋友收到通知，都纳闷：老金为什么请客？到了之后，金先生才宣布："今天是徽因的生日。"

金先生晚年深居简出。毛主席曾经对他说："你要接触接触社会。"金先生已经八十岁了，怎么接触社会呢？他就和一个蹬平板三轮车的约好，每天蹬着他到王府井一带转一大圈。我想象金先生坐在平板三轮上东张西望，那情景一定非常有趣。王府井人挤人，熙熙攘攘，谁也不会知道这位东张西望的老人是一位一肚子学问，为人天真、热爱生活的大哲学家。

金先生治学精深，而著作不多。除了一本大学丛书里的《逻辑》，我所知道的，还有一本《论道》。其余还有什么，我不清楚，须问王浩。

我对金先生所知甚少。希望熟知金先生的人把金先生好好写一写。

联大的许多教授都应该有人好好地写一写。

一九八七年二月二十三日

载一九八七年第五期《读书》

观 音 寺

　　我在观音寺住过一年。观音寺在昆明北郊，是一个荒村，没有什么寺。——从前也许有过。西南联大有几个同学，心血来潮，办了一所中学。他们不知通过什么关系，在观音寺找了一处校址。这原是资源委员会存放汽油的仓库，废弃了。我找不到工作，闲着，跟当校长的同学说一声，就来了。这个汽油仓库有几间比较大的屋子，可以当教室，有几排房子可以当宿舍，倒也像那么一回事。房屋是简陋的，瓦顶、土墙，窗户上没有玻璃。——那些五十三加仑的汽油桶是不怕风雨的。没有玻璃有什么关系！我们在联大新校舍住了四年，窗户上都没有玻璃。在窗格上糊了桑皮纸，抹一点青桐油，亮堂堂的，挺有意境。教员一人一间宿舍，室内床一、桌一、椅一。还要什么呢？挺好。每个月还有一点微薄的薪水，饿不死。

这地方是相当野的。我来的前一学期，有一天，薄暮，有一个赶马车的被人捅了一刀，——昆明市郊之间通马车，马车形制古朴，一个有篷的车厢，厢内两边各有一条木板，可以坐八个人，马车和身上的钱都被抢去了，他手里攥着一截突出来的肠子，一边走，一边还问人："我这是什么？我这是什么？"

因此这个中学里有几个校警，还有两支老旧的七九步枪。

学校在一条不宽的公路边上，大门朝北。附近没有店铺，也不见有人家。西北围墙外是一个孤儿院。有二三十个孩子，都挺瘦。有一个管理员。这位管理员不常出来，不知道是什么样子，但是他的声音我们很熟悉。他每天上午、下午都要教这些孤儿唱戏。他大概是云南人，教唱的却是京戏。而且老是那一段：《武家坡》。他唱一句，孤儿们跟着唱一句。"一马离了西凉界" —— "一马离了西凉界""不由人一阵阵泪洒胸怀" —— "不由人一阵阵泪洒胸怀"。听了一年《武家坡》，听得人真想泪洒胸怀。

孤儿院的西边有一家小茶馆，卖清茶，葵花子，有时也有两块芙蓉糕。还卖市酒。昆明的白酒分升酒（玫瑰重升）和市酒。市酒是劣质白酒。

再往西去，有一个很奇怪的单位，叫作"灭虱站"。这还是一个国际性的机构，是美国救济总署办的，专为国民党的士兵消灭虱子。我们有时看见一队士兵开进大门，过了一会，在我们附近散了一会步之后，又看见他们开了出来。听说这些兵进去，脱光衣服，在身上和衣服上喷一种什么药粉，虱子就灭干净了。这有什么用呢？过几天他们还不是浑身又长出虱子来了么？

我们吃了午饭、晚饭常常出去散步。大门外公路对面是一大片农田。田里种的不是稻麦，却是胡萝卜。昆明的胡萝卜很好，浅黄色，粗而且长，细嫩多水分，味微甜。联大学生爱买了当水果吃，因为很便宜。女同学尤其爱吃，因为据说这种胡萝卜含少量的砒，吃了可以驻颜。常常看见几个女同学一人手里提了一把胡萝卜。到了宿舍里，嘎吱嘎吱地嚼。胡萝卜田是很好看的。胡萝卜叶子琐细，颜色浓绿，密密的，把地皮盖得严严的，说它是"堆锦积绣"，毫不为过。再往北，有一条水渠。渠里不常有水。渠沿两边长了很多木香花。开花的时候白灿灿的耀人眼目，香得不得了。

学校后面——南边是一片丘陵。山上有一口池塘。这池塘下面大概有泉眼，所以池水常满，很干净。这样的池塘按云南人的习惯应该叫作"龙潭"。龙潭里有鱼，鲫鱼。我们有时用自制的鱼竿来钓鱼。这里的鱼未经人钓过，很易上钩。坐在这样的人迹罕到的池边，仰看蓝天白云，俯视钓丝，不知身在何世。

东面是坟。昆明人家的坟前常有一方平地，大概是为了展拜用的。有的还有石桌石凳，可以坐坐。这里有一些矮柏树，到处都是蓝色的野菊花和报春花。这种野菊花非常顽强，连根拔起来养在一个破钵子里，可以开很长时间的花。这里后来成了美国兵开着吉普带了妓女来野合的场所。每到月白风清的夜晚，就可以听到公路上不断有吉普车的声音。美国兵野合，好像是有几个集中的地方的，并不到处撒野。他们不知怎么看中了这个地方。他们扔下了好多保险套，白花花的，到处都是。后来我们就不大来了。这个玩意，总是不那么雅观。

我们的生活很清简。教书、看书。打桥牌，聊大天。吃野菜，吃灰菜、野苋菜。还吃一种叫作豆壳虫的甲虫。我在小说《老鲁》里写的，都是真事。喔，我们还演过话剧，《雷雨》，师生合演。演周萍的叫王惠。这位老兄一到了台上简直是晕头转向。他站错了地位，导演着急，在布景后面叫他："王惠，你过来！"他以为是提词，就在台上大声嚷嚷："你过来！"弄得同台的演员莫名其妙。他忘了词，无缘无故在台上大喊："鲁贵！"我演鲁贵，心说：坏了，曹禺的剧本里没有这一段呀！没法子，只好上去，没话找话："大少爷，您明儿到矿上去，给您预备点什么早点？煮几个鸡蛋吧！"他总算明白过来了："好，随便，煮鸡蛋！去吧！"

生活清贫，大家倒没有什么灾病。王惠得了一次破伤风，——打篮球碰破了皮，感染了。有一个姓董的同学和另一个同学搭一辆空卡车进城。那个同学坐在驾驶舱里，他靠在卡车后面的挡板上，挡板的铁闩松开了，他摔了下去，等找到他的时候，坏了，他不会说中国话了，只会说英语，而且只有两句："I am cold, I am hungry"（我冷，我饿）。翻来覆去，说个不停。这二位都治好了。我们那时都年轻，很皮实，不太容易被疾病打倒。

炮仗响了。日本投降那天，昆明到处放炮仗，昆明人就把抗战胜利叫作"炮仗响了"。这成了昆明人计算时间的标记，如："那会炮仗还没响""这是炮仗响了之后一个月的事情"。大后方的人纷纷忙着"复员"，我们的同学也有的联系汽车，计划着"青春作伴好还乡"。有些因为种种原因，一时回不去，不免有点恓恓惶惶。有人抄了一首唐诗贴在墙上：

故园东望路漫漫，

双袖龙钟泪不干。

马上相逢无纸笔，

凭君传语报平安。

　　诗很对景，但是心情其实并不那样酸楚。昆明的天气这样好，有什么理由急于离开呢？这座中学后来迁到篆塘到大观楼之间的白马庙，我在白马庙又接着教了一年，到一九四六年八月，才走。

载一九八七年第六期《滇池》

西南联大中文系

　　西南联大中文系的教授有清华的，有北大的。应该也有南开的。但是哪一位教授是南开的，我记不起来了，清华的教授和北大的教授有什么不同，我实在看不出来。联大的系主任是轮流做庄。朱自清先生当过一段系主任。担任系主任时间较长的，是罗常培先生。学生背后都叫他"罗长官"。罗先生赴美讲学，闻一多先生代理过一个时期。在他们"当政"期间，中文系还是那个老样子，他们都没有一套"施政纲领"。

　　事实上当时的系主任"为官清简"，近于无为而治。中文系的学风和别的系也差不多：民主、自由、开放。当时没有"开放"这个词，但有这个事实。中文系似乎比别的系更自由。工学院的机械制图总要按期交卷，并且要严格评分的；理学院要做实验，数据不能马虎。中文系就没有这一套。记得我在皮名举先生的"西洋通史"课上交了一张规定的马其顿国的地图，皮先生阅后，批了两行字："阁下之地图美术价值甚高，科学价值全无。"似乎这样也可以了。总而言之，中文系的学生更为随便，中文系体现的"北大"精神更为充分。

如果说西南联大中文系有一点什么"派"，那就只能说是"京派"。西南联大有一本《大一国文》，是各系共同必修。这本书编得很有倾向性。文言文部分突出地选了《论语》，其中最突出的是《子路冉有公西华侍坐》。"暮春者，春服既成，冠者五六人，童子六七人，浴乎沂，风乎舞雩，咏而归"，这种超功利的生活态度，接近庄子思想的率性自然的儒家思想对联大学生有相当深广的潜在影响。还有一篇李清照的《金石录后序》。一般中学生都读过一点李清照的词，不知道她能写这样感情深挚、挥洒自如的散文。这篇散文对联大文风是有影响的。语体文部分，鲁迅的选的是《示众》。选一篇徐志摩的《我所知道的康桥》，是意料中事。选了丁西林的《一只马蜂》，就有点特别。更特别的是选了林徽因的《窗子以外》。

这一本《大一国文》可以说是一本"京派国文"。严家炎先生编中国流派文学史，把我算作最后一个"京派"，这大概跟我读过联大有关，甚至是和这本《大一国文》有点关系。这是我走上文学道路的一本启蒙的书。这本书现在大概是很难找到了。如果找得到，翻印一下，也怪有意思的。

"京派"并没有人老挂在嘴上。联大教授的"派性"不强。唐兰先生讲甲骨文，讲王观堂（国维）、董彦堂（董作宾），也讲郭鼎堂（沫若），——他讲到郭沫若时总是叫他"郭沫（读如妹）若"。闻一多先生讲（写）过"擂鼓的诗人"，是大家都知道的。

联大教授讲课从来无人干涉，想讲什么就讲什么，想怎么讲就怎么讲。刘文典先生讲了一年庄子，我只记住开头一句："《庄子》嘿，我是不懂的喽，也没有人懂。"他讲课是东拉西扯，有时扯到和庄子毫不相干的事。倒是有些骂人的话，留给我的印象颇深。他说有些搞校勘的人，只会说甲本作某，乙本作某，——"到底应该作什么？"骂有些注释家，只会说甲如何说，乙如何说，"你怎么说？"他还批评有些教授，自己拿了一个有注解的本子，发给学生的是白文，"你把注解发给学生！要不，你也拿一本白文！"他的这些意见，我以为是对的。他讲了一学期《文选》，只讲了半篇木玄虚的《海赋》。好几堂课大讲"拟声法"。他在黑板上写了一个挺长的法国字，举了好些外国例子。曾见过几篇老同学的回忆文章，说闻一多先生讲楚辞，一开头总是"痛饮酒熟读《离骚》，方称名士"。有人问我，"是不是这样？"是这样。他上课，抽烟。上他的课的学生，也抽。他讲唐诗，不蹈袭前人一语。讲晚唐诗和后期印象派的画一起讲，特别讲到"点画派"。中国用比较文学的方法讲唐诗的，闻先生当为第一人。他讲《古代神话与传说》非常"叫座"。上课时连工学院的同学都穿过昆明城，从拓东路赶来听。那真是"满坑满谷"，昆中北院大教室里里外外都是人。闻先生把自己在整张毛边纸上手绘的伏羲女娲图钉在黑板上，把相当繁琐的考证，讲得有声有色，非常吸引人。还有一堂"叫座"的课是罗庸（膺中）先生讲杜诗。罗先生上课，不带片纸。不但杜诗能背写在黑板上，连仇注都背出来。

唐兰（立庵）先生讲课是另一种风格。他是教古文字学的，有一年忽然开了一门"词选"，不知道是没有人教，还是他自己感兴趣。他讲"词选"主要讲《花间集》（他自己一度也填词，极艳）。他讲词的方法是：不讲。有时只是用无锡腔调念（实是吟唱）一遍："'双鬓隔香红，玉钗头上风'——好！真好！"这首词就 pass 了。

沈从文先生在联大开过三门课："各体文习作""创作实习""中国小说史"，沈先生怎样教课，我已写了一篇《沈从文先生在西南联大》，发表在《人民文学》上，兹不赘。他讲创作的精义，只有一句"贴到人物来写"。听他的课需要举一隅而三隅反，否则就会觉得"不知所云"。

联大教授之间，一般是不互论长短的。你讲你的，我讲我的。但有时放言月旦，也无所谓。比如唐立庵先生有一次在办公室当着一些讲师助教，就评论过两位教授，说一个"集穿凿附会之大成"、一个"集罗唆之大成"。他不考虑有人会去"传小话"，也没有考虑这两位教授会因此而发脾气。

西南联大中文系教授对学生的要求是不严格的。除了一些基础课，如文字学（陈梦家先生授）、声韵学（罗常培先生授）要按时听课，其余的，都较随便。比较严一点的是朱自清先生的"宋诗"。他一首一首地讲，要求学生记笔记，背，还要定期考试，小考，大考。有些课，也有考试，考试也就是那么回事。一般都只是学期终了，交一篇读书报告。联大中文系读书报告不重抄书，而重有无独创性的见解。有的可以说是怪论。有一个同学交了一篇关于李贺的报告给闻先生，说别人的诗都是在白底子上画画，李贺的诗是在黑底子上画画，所以颜色特别浓烈，大为闻先生激赏。有一个同学在杨振声先生教的"汉魏六朝诗选"课上，就"车轮生四角"这样的合乎情悖乎理的想象写了一篇很短的报告《方车轮》。就凭这份报告，在期终考试时，杨先生宣布该生可以免考。

联大教授大都很爱才。罗常培先生说过，他喜欢两种学生：一种，刻苦治学；一种，有才。他介绍一个学生到联大先修班去教书，叫学生拿了他的亲笔介绍信去找先修班主任李继侗先生。介绍信上写的是"……该生素具创作夙慧。……"一个同学根据另一个同学的一句新诗（题一张抽象派的画的）"愿殿堂毁塌于建成之先"填了一首词，作为"诗法"课的练习交给王了一先生，王先生的评语是："自是君身有仙骨，剪裁妙处不须论。"具有"夙慧"，有"仙骨"，这种对于学生过甚其辞的评价，恐怕是不会出之于今天的大学教授的笔下的。

我在西南联大是一个不用功的学生，常不上课，但是乱七八糟看了不少书。有一个时期每天晚上到系图书馆去看书。有时只我一个人。中文系在新校舍的西北角，墙外是坟地，非常安静。在系里看书不用经过什么借书手续，架上的书可以随便抽下一本来看。而且可抽烟。有一天，我听到墙外有一派细乐的声音。半夜里怎么会有乐声，在坟地里？我确实是听见的，不是错觉。

我要不是读了西南联大，也许不会成为一个作家。

至少不会成为一个像现在这样的作家。我也许会成为一个画家。如果考不取联大，我准备考当时也在昆明的国立艺专。

一九八八年

吴雨僧先生二三事

吴宓（雨僧）先生相貌奇古。头顶微尖，面色苍黑，满脸刮得铁青的胡子，有学生形容他的胡子之盛，说是他两边脸上的胡子永远不能一样：刚刮了左边，等刮右边的时候，左边又长出来了。他走路很快，总是提了一根很粗的黄藤手杖。这根手杖不是为了助行，而是为了矫正学生的步态。有的学生走路忽东忽西，挡在吴先生的前面，吴先生就用手杖把他拨正。吴先生走路是笔直的，总是匆匆忙忙的。他似乎没有逍遥闲步的时候。

吴先生是西语系的教授。他在西语系开了什么课我不知道。他开的两门课是外系学生都可以选读或自由旁听的。一门是"中西诗之比较"，一门是"红楼梦"。

"中西诗之比较"第一课我去旁听了。不料他讲的

春初新韭 秋末晚菘
汪曾祺散文精选

第一首诗却是：

一去二三里，

烟村四五家，

楼台六七座，

八九十枝花。

吴先生认为这种数字的排列是西洋诗所没有的。我大失所望了，认为这讲得未免太浅了，以后就没有再去听，其实讲诗正应该这样：由浅入深。数字入诗，确也算得是中国诗的一个特点。骆宾王被人称为"算博士"。杜甫也常以数字为对，如"两个黄鹂鸣翠柳，一行白鹭上青天"，"窗含西岭千秋雪，门泊东吴万里船"。吴先生讲课这样的"卑之勿甚高论"，说明他治学的朴实。

"红楼梦"是很"叫座"的，听课的学生很多，女生尤其多。我没有去听过，但知道一件事。他一进教室，看到有些女生站着，就马上出门，到别的教室去搬椅子。联大教室的椅子是不固定的，可以搬来搬去。吴先生以身作则，听课的男士也急忙蜂拥出门去搬椅子。到所有女生都已坐下，吴先生才开讲。吴先生讲课内容如何，不得而知。但是他的行动，很能体现"贾宝玉精神"。

文林街和府甬道拐角处新开了一家饭馆，是几个湖南学生集资开的，取名"潇湘馆"，挂了一个招牌。吴先生见了很生气，上门向开馆子的同学抗议：林妹妹的香闺怎么可以作为一个饭馆的名字呢！开饭馆的同学尊重吴先生的感情，也很知道他的执拗的脾气，就提出一个折中的方案，加一个字，叫作"潇湘饭馆"。吴先生勉强同意了。

听说陈寅恪先生曾说吴先生是《红楼梦》里的妙玉，吴先生以为知己。这个传说未必可靠，也许是哪位同学编出来的。但编造得颇为合理，这样的编造安在陈先生和吴先生的头上，都很合适。

吴先生长期过着独身生活，吃饭是"打游击"。他经常到文林街一家小饭馆去吃牛肉面。这家饭馆只有一间门脸，卖的也只是牛肉面。小饭馆的老板很尊重吴先生。抗战期间，物价飞涨，小饭馆随时要调整价目。每次涨价，都要征得吴先生同意。吴先生听了老板说明涨价的理由，把老的价目表撤下，在一张红纸上用毛笔正楷写一张新的价目表贴在墙上：炖牛肉多少钱一碗，牛肉面多少钱一碗，净面多少钱一碗。

抗战胜利，三校（西南联大是清华、北大、南开联合起来的）复原，不知道为什么吴先生没有回清华（他是老清华了），我就没有再见到吴先生。有一阵谣传他在四川出了家，大概是因为他字"雨僧"而附会出来的。后来打听到他辗转在武汉大学、香港大学教书，最后落到北碚师范学院。"文化大革命"中挨斗得很厉害。罪名之一，是他曾是"学衡派"，被鲁迅骂过。这是一篇老账了，不知道造反派怎么翻了出来。他在挨斗中跌断了腿。他不能再教书，一个月只能领五十元生活费。他花三十七块钱雇了一个保姆，只剩下十三块钱，实在是难以度日，后来他回到陕西，死在老家。吴先生可以说是穷困而死。一个老教授，落得如此下场，哀哉！

一九八九年一月七日

载一九八九年第三期《今古传奇》

新　校　舍

　　西南联大的校舍很分散。有一些是借用原先的会馆、祠堂、学校，只有新校舍是联大自建的，也是联大的主体。这里原来是一片坟地，坟主的后代大都已经式微或他徙了，联大征用了这片地并未引起麻烦。有一座校门，极简陋，两扇大门是用木板钉成的，不施油漆，露着白茬。门楣横书大字："国立西南联合大学"。进门是一条贯通南北的大路。路是土路，到了雨季，接连下雨，泥泞没足，极易滑倒。大路把新校舍分为东西两区。

　　路以西，是学生宿舍。土墼墙，草顶。两头各有门。窗户是在墙上留出方洞，直插着几根带皮的树棍。空气是很流通的，因为没有人爱在窗洞上糊纸，当然更没有玻璃。昆明气候温和，冬天从窗洞吹进一点风，也不要紧。

春初新韭 秋末晚菘
汪曾祺散文精选

宿舍是大统间，两边靠墙，和墙垂直，各排了十张双层木床。一张床睡两个人，一间宿舍可住四十人。我没有留心过这样的宿舍共有多少间。我曾在二十五号宿舍住过两年。二十五号不是最后一号。如果以三十间计，则新校舍可住一千二百人。联大学生三千人，工学院住在拓东路迤西会馆；女生住"南院"，新校舍住的是文、理、法三院的男生。估计起来，可以住得下。

学生并不老老实实地让双层床靠墙直放，向右看齐，不少人给它重新组合，把三张床拼成一个 U 字，外面挂上旧床单或钉上纸板，就成了一个独立天地，屋中之屋。结邻而居的，多是谈得来的同学。也有的不是自己选择的，是学校派定的。我在二十五号宿舍住的时候，睡靠门的上铺，和下铺的一位同学几乎没有见过面。他是历史系的，姓刘，河南人。他是个农家子弟，到昆明来考大学是由河南自己挑了一担行李走来的。——到昆明来考联大的，多数是坐公共汽车来的，乘滇越铁路火车来的，但也有利用很奇怪的交通工具来的。物理系有个姓应的学生，是自己买了一头毛驴，从西康骑到昆明来的。

我和历史系同学怎么会没有见过面呢？他是个很用功的老实学生，每天黎明即起，到树林里去读书。我是个夜猫子，天亮才回床睡觉。一般说，学生搬床位，调换宿舍，学校是不管的，从来也没有办事职员来查看过。有人占了一个床位，却终年不来住。也有根本不是联大的，却在宿舍里住了几年。有一个青年小说家曹卣，——他很年轻时就在《文学》这样的大杂志上发表过小说，他是同济大学的，却住在二十五号宿舍。也不到同济上课，整天在二十五号写小说。

桌椅是没有的。很多人去买了一些肥皂箱。昆明肥皂箱很多，也很便宜。一般三个肥皂箱就够用了。上面一个，面上糊一层报纸，是书桌。下面两层放书，放衣物，这就书橱、衣柜都有了。椅子？——床就是。不少未来学士在这样的肥皂箱桌面上写出了洋洋洒洒的论文。

宿舍区南边，校门围墙西侧以里，是一个小操场。操场上有一副单杠和一副双杠。体育主任马约翰带着大一学生在操场上上体育课。马先生一年四季只穿一件衬衫，一件西服上衣，下身是一条猎裤，从不穿毛衣、大衣。面色红润，连光秃秃的头顶也红润，脑后一圈雪白的卷发。他上体育课不说中文，他的英语带北欧口音。学生列队，他要求学生必须站直："Boys！ You must keep your body straight！"我年轻时就有点驼背，始终没有straight 起来。

操场上有一个篮球场，很简陋。遇有比赛，都要临时画线，现结篮网，但是很多当时的篮球名将如唐宝华、牟作云……都在这里展过身手。

大路以东，有一条较小的路。这条路经过一个池塘，池塘中间有一座大坟，成为一个岛。岛上开了很多野蔷薇，花盛时，香扑鼻。这个小岛是当初规划新校舍时特意留下的。于是成了一个景点。

往北，是大图书馆。这是新校舍唯一的瓦顶建筑。每天一早，就有一堆学生在外面等着。一开门，就争先进去，抢座位（座位不很多），抢指定参考书，（参考书不够用）。晚上十点半钟。图书馆的电灯还亮着，还有很多学生在里面看书。这都是很用功的学生。大图书馆我只进去过几次。这样正襟危坐，集体苦读，我实在受不了。

图书馆门前有一片空地。联大没有大会堂，有什么全校性的集会便在这里举行。在图书馆关着的大门上用摁钉摁两面党国旗，也算是会场。我入学不久，张清常先生在这里教唱过联大校歌（校歌是张先生谱的曲），学唱校歌的同学都很激动。每月一号，举行一次"国民月会"，全称应是"国民精神总动员月会"，可是从来没有人用全称，实在太麻烦了。国民月会有时请名人来演讲，一般都是梅贻琦校长讲讲话。梅先生很严肃，面无笑容，但说话很幽默。有一阵昆明闹霍乱，梅先生劝大家不要在外面乱吃东西，说："有一位同学说，'我吃了那么多次，也没有得过一次霍乱。'这种事情是不能有第二次的。"开国民月会时，没有人老实站着，都是东张西望，心不在焉。有一次，我发现青天白日满地红的国旗的太阳竟是十三只角（按规定应是十二只）！

"一二·一惨案"（国民党军队枪杀三位同学、一位老师）发生后，大图书馆曾布置成死难烈士的灵堂，四壁都是挽联，灵前摆满了花圈，大香大烛，气氛十分肃穆悲壮。那两天昆明各界前来吊唁的人络绎于途。

大图书馆后面是大食堂。学生吃的饭是通红的糙米，装在几个大木桶里，盛饭的瓢也是木头的，因此饭有木头的气味。饭里什么都有：砂粒、耗子屎……被称为"八宝饭"。八个人一桌，四个菜，装在酱色的粗陶碗里。菜多盐而少油。常吃的菜是煮芸豆，还有一种叫作魔芋豆腐的灰色的凉粉似的东西。

大图书馆的东面，是教室。土墙，铁皮顶。铁皮上涂了一层绿漆。有时下大雨，雨点敲得铁皮叮叮当当地响。教室里放着一些白木椅子。椅子是特制的。右手有一块羽毛球拍大小的木板，可以在上面记笔记。椅子是不固定的，可以随便搬动，从这间教室搬到那间。吴宓先生上"红楼梦研究"课，见下面有女生没有坐下，就立即走到别的教室去搬椅子。一些颇有骑士风度的男同学于是追随吴先生之后，也去搬。到女同学都落座，吴先生才开始上课。

我是个吊儿郎当的学生，不爱上课。有的教授授课是很严格的。教西洋通史（这是文学院必修课）的是皮名举。他要求学生记笔记，还要交历史地图。我有一次画了一张马其顿王国的地图，皮先生在我的地图上批了两行字："阁下所绘地图美术价值甚高，科学价值全无。"第一学期期终考试，我得了三十七分。第二学期我至少得考八十三分，这样两学期平均，才能及格，这怎么办？到考试时我拉了两个历史系的同学，一个坐在我的左边，一个坐在我的右边。坐在右边的同学姓钮，左边的那个忘了。我就抄左边的同学一道答题，又抄右边的同学一道。公布分数时，我得了八十五分，及格还有富余！

朱自清先生教课也很认真。他教我们宋诗。他上课时带一沓卡片，一张一张地讲。要交读书笔记，还要月考、期考。我老是缺课，因此朱先生对我印象不佳。

多数教授讲课很随便。刘文典先生教《昭明文选》，一个学期才讲了半篇木玄虚的《海赋》。

闻一多先生上课时，学生是可以抽烟的。我上过他的"楚辞"。上第一课时，他打开高一尺又半的很大的毛边纸笔记本，抽上一口烟，用顿挫鲜明的语调说："痛饮酒，熟读《离骚》——乃可以为名士。"他讲唐诗，把晚唐诗和后期印象派的画联系起来讲。这样讲唐诗，别的大学里大概没有。闻先生的课都不考试，学期终了交一篇读书报告即可。

唐兰先生教词选，基本上不讲。打起无锡腔调，把词"吟"一遍："'双鬟隔香红啊——玉钗头上风……'好！真好！"这首词就算讲过了。

西南联大的课程可以随意旁听。我听过冯文潜先生的美学。他有一次讲一首词：

汴水流，

泗水流，

流到瓜洲古渡头，

吴山点点愁。

冯先生说他教他的孙女念这首词，他的孙女把"吴山点点愁"念成"吴山点点头"，他举的这个例子我一直记得。

吴宓先生讲"中西诗之比较"，我很有兴趣地去听。不料他讲的第一首诗却是：

春初新韭 秋末晚菘
汪曾祺散文精选

一去二三里，

烟村四五家，

楼台六七座，

八九十枝花。

　　我不好好上课，书倒真也读了一些。中文系办公室有一个小图书馆，通称系图书馆。我和另外一两个同学每天晚上到系图书馆看书。系办公室的钥匙就由我们拿着，随时可以进去。系图书馆是开架的，要看什么书自己拿，不需要填卡片这些麻烦手续。有的同学看书是有目的有系统的。一个姓范的同学每天摘抄《太平御览》。我则是从心所欲，随便瞎看。我这种乱七八糟看书的习惯一直保持到现在。我觉得这个习惯挺好。夜里，系图书馆很安静，只有哲学心理系有几只狗怪声嗥叫——一个教生理学的教授做实验，把狗的不同部位的神经结扎起来，狗于是怪叫。有一天夜里我听到墙外一派鼓乐声，虽然悠远，但很清晰。半夜里怎么会有鼓乐声？只能这样解释：这是鬼奏乐。我确实听到的，不是错觉。我差不多每夜看书，到鸡叫才回宿舍睡觉。——因此我和历史系那位姓刘的河南同学几乎没有见过面。

新校舍大门东边的围墙是"民主墙"。墙上贴满了各色各样的壁报，左、中、右都有。有时也有激烈的论战。有一次三青团办的壁报有一篇宣传国民党观点的文章，另一张"群社"编的壁报上很快就贴出一篇反驳的文章，批评三青团壁报上的文章是"咬着尾巴兜圈子"。这批评很尖刻，也很形象。"咬着尾巴兜圈子"是狗。事隔近五十年，我对这一警句还记得十分清楚。当时有一个"冬青社"（联大学生社团甚多），颇有影响。冬青社办了两块壁报，一块是《冬青诗刊》，一块就叫《冬青》，是刊载杂文和漫画的。冯友兰先生、查良钊先生、马约翰先生，都曾经被画进漫画。冯先生、查先生、马先生看了，也并不生气。

除了壁报，还有各色各样的启事。有的是出让衣物的。大都是八成新的西服、皮鞋。出让的衣物就放在大门旁边的校警室里，可以看货付钱。也有寻找失物的启事，大都写着："鄙人不慎，遗失了什么东西，如有捡到者，请开示姓名住处，失主即当往取，并备薄酬。"所谓"薄酬"，通常是五香花生米一包。有一次有一位同学贴出启事："寻找眼睛。"另一位同学在他的启事标题下用红笔画了一个大问号。他寻找的不是"眼睛"，是"眼镜"。

新校舍大门外是一条碎石块铺的马路。马路两边种着高高的柚加利树（即桉树，云南到处皆有）。

马路北侧，挨新校的围墙，每天早晨有一溜卖早点的摊子。最受欢迎的是一个广东老太太卖的煎鸡蛋饼。一个瓷盆里放着鸡蛋加少量的水和成的稀面，舀一大勺，摊在平铛上，煎熟，加一把葱花。广东老太太很舍得放猪油。鸡蛋饼煎得两面焦黄，猪油吱吱作响，喷香。一个鸡蛋饼直径一尺，卷而食之，很解馋。

晚上，常有一个贵州人来卖馄饨面。有时馄饨皮包完了，他就把馄饨馅拨在汤里下面。问他："你这叫什么面？"贵州老乡毫不迟疑地说："桃花面！"

马路对面常有一个卖水果的。卖桃子，"面核桃"和"离核桃"，卖泡梨——棠梨泡在盐水里，梨肉转为极嫩、极脆。

晚上有时有云南兵骑马由东面驰向西面，马蹄铁敲在碎石块的尖棱上，迸出一朵朵火花。

有一位曾在联大任教的作家教授在美国讲学。美国人问他：西南联大八年，设备条件那样差，教授、学生生活那样苦，为什么能出那样多的人才？——有一个专门研究联大校史的美国教授以为联大八年，出的人才比

北大、清华、南开三十年出的人才都多。为什么？这位
作家回答了两个字：自由。

一九九二年七月五日

载一九九二年第十期《芒种》

白 马 庙

我教的中学从观音寺迁到白马庙，我在白马庙住过一年，白马庙没有庙。这是由篆塘到大观楼之间一个镇子。我们住的房子形状很特别，像是卡通电影上画的房子，我们就叫它卡通房子。前几年日本飞机常来轰炸，有钱的人多在近郊盖了房子，躲警报。这二年日本飞机不来了，这些房子都空了下来，学校就租了当教员宿舍。这些房子的设计都有点别出心裁，而以我们住的卡通房子最显眼，老远就看得见。

卡通房子门前有一条土路，通过马路，三面都是农田，不挨人家。我上课之余，除了在屋里看看书，常常伏在窗台上看农民种田。看插秧，看两个人用一个戽斗戽水。看一个十五六岁的孩子用一个长柄的锄头挖地。这个孩子挖几锄头就要停一停，唱一句歌，他的歌有音无字，只有一句，但是很好听，长日悠悠，一片安静。我那时正在读《庄子》。在这样的环境中读《庄子》真是太合适了。

这样的不挨人家的"独立家屋"有一点不好，是招小偷。曾有小偷光顾过一次。发觉之后，几位教员拿了棍棒到处搜索，闹腾了一阵，无所得。我和松卿有一次到城里看电影，晚上回来，快到大门时，从路旁沟里窜出一条黑影，跑了。是一个伺机翻墙行窃的小偷。

小偷不少，教导主任老杨曾当美军译员，穿了一条美军将军呢的毛料裤子，晚上睡觉，盖在被窝上压脚。那天闹小偷。他醒来，拧开电灯看看，将军呢裤子没了。他翻了个身，接着睡他的觉。我们那时都是这样，得、失无所谓，而可失之物亦不多，只要不是真的赤条条来去无牵挂，怎么着也能混得过去，——这位老兄从美军复员，领到一笔复员费，崭新的票子放在夹克上衣口袋里，打了一夜沙蟹，几乎全部输光。

学校的教员有的在校内住，也有住在城里，到这里来兼课的。坐马车来，很方便。朱德熙有一次下了马车，被马咬了一口！咬在胸脯上，胸上落了马的牙印，衣服却没有破。

镇上有一个卖油盐酱醋香烟火柴的杂货铺，一家猪肉案子，还有一个做饵块的作坊。我去看过工人做饵块，小枕头大的那么一坨，不知道怎么竟能蒸熟。

饵块作坊门前有一道砖桥，可以通到河南边。桥南是菜地，我们随时可以吃到刚拔起来的新鲜蔬菜。临河有一家茶馆，茶客不少。靠窗而坐，可以看见河里的船、船上的人，风景很好。

使我惊奇的是东壁粉墙上画了一壁茶花，画得满满的。墨线勾边，涂了很重的颜色，大红花，鲜绿的叶子，画得很工整，花、叶多对称，很天真可爱，这显然不是文人画。我问冲茶的堂倌："这画是谁画的？"——"哑巴。——他就爱画，哪样上头都画，他画又不要钱，自己贴颜色，就叫他画吧！"

过两天，我看见一个挑粪的，粪桶是新的，粪桶近桶口处画了一周遭串枝莲，墨线勾成，笔如铁线，匀匀净净。不用问，这又是那个哑巴画的。粪桶上描花，真是少见。

听说哑巴岁数不大，二十来岁。他没有跟谁学过，就是自己画。

我记得白马庙，主要就是因为这里有一个画画的哑巴。

一九九三年三月二十三日

载一九九四年第一期《大家》

七 载 云 烟

天地一瞬

　　我在云南住过七年，一九三九～一九四六年。准确地说，只能说在昆明住了七年。昆明以外，最远只到过呈贡，还有滇池边一片沙滩极美、柳树浓密的叫作斗南村的地方，连富民都没有去过。后期在黄土坡、白马庙各住过年把二年，这只能算是郊区。到过金殿、黑龙潭、大观楼，都只是去游逛，当日来回。我们经常活动的地方是市内。市内又以正义路及其旁出的几条横街为主。正义路北起华山南路，南至金马碧鸡牌坊，当时是昆明的贯通南北的干线，又是市中心所在。我们到南屏大戏院去看电影，——演的都是美国片子。更多的时间是无目的地闲走，闲看。

我们去逛书店。当时书店都是开架售书，可以自己抽出书来看。有的穷大学生会靠在柜台一边，看一本书，一看两三个小时。

逛裱画店。昆明几乎家家都有钱南园的写得四方四正的颜字对联。还有一个吴忠荩老先生写得极其流利但用笔扁如竹篾的行书四扇屏。慰情聊胜无，看看也是享受。

武成路后街有两家做锡箔的作坊。我每次经过，都要停下来看做锡箔的师傅在一个木墩上垫了很厚的粗草纸，草纸间衬了锡片，用一柄很大的木槌，使劲夯砸那一垛草纸。师傅浑身是汗，于是锡箔就槌成了。没有人愿意陪我欣赏这种槌锡箔艺术，他们都以为："这有什么看头！"

逛茶叶店。茶叶店有什么逛头？有！华山西路有一家茶叶店，一壁挂了一副嵌在镜框里的米南宫体的小对联，字写得好，联语尤好：

静对古碑临黑女
闲吟绝句比红儿

我觉得这对得很巧，但至今不知道这是谁的句子。尤其使我不明白的，是这家茶叶店为什么要挂这样一副对子。

　　我们每天经过，随时往来的地方，还是大西门一带。大西门里的文林街，大西门外的凤翥街、龙翔街。"凤翥""龙翔"，不知道是哪位擅于辞藻的文人起下的富丽堂皇的街名，其实这只是两条丁字形的小小的横竖街。街虽小，人却多，气味浓稠。这是来往滇西的马锅夫卸货、装货、喝酒、吃饭、抽鸦片、睡女人的地方。我们在街上很难"深入"这种生活的里层，只能切切实实地体会到：这是生活！我们在街上闲看。看卖木柴的，卖木炭的，卖粗瓷碗、卖砂锅的，并且常常为一点细节感动不已。

　　但是我生活得最久，接受影响最深，使我成为这样一个人，这样一个作家，——不是另一种作家的地方，是西南联大，新校舍。

　　　　　　　　骑了毛驴考大学，

　　　　　　　　万里长征，

　　　　　　　　辞却了五朝宫阙。

　　　　　　　　暂驻足，

　　　　　　　　衡山湘水，

　　　　　　　　又成离别，

　　　　　　　　绝徼移栽桢干质，

九州遍洒黎元血。

尽笳吹弦诵在山城，

情弥切……

——西南联大校歌

日寇侵华，平津沦陷，北大、清华、南开被迫南迁，组成一个大学，在长沙暂住，名为"临时大学"。后迁云南，改名"国立西南联合大学"，简称"西南联大"。这是一座战时的，临时性的大学，但却是一个产生天才，影响深远，可以彪炳于世界大学之林，与牛津、剑桥、哈佛、耶鲁平列而无愧色的，窳陋而辉煌的，奇迹一样的，"空前绝后"的大学。喔，我的母校，我的西南联大！

像蜜蜂寻找蜜源一样飞向昆明的大学生，大概有几条路径。

一条是陆路。三校部分同学组成"西南旅行团"，由北平出发，走向大西南。一路夜宿晓行，埋锅造饭，过的完全是军旅生活。他们的"着装"是短衣，打绑腿，布条编的草鞋，背负薄薄的一卷行李，行李卷上横置一把红油纸伞。除了摆渡过河外，全是徒步。自北平至昆明，全程三千五百里，算得是一个壮举。旅行团有部分教授

春初新韭 秋末晚菘
汪曾祺散文精选

参加，闻一多先生就是其中之一。闻先生一路画了不少铅笔速写。其时闻先生已经把胡子留起来了，——闻先生曾发愿：抗战不胜，誓不剃须！

另一路是海程。由天津或上海搭乘怡和或太古轮船，经香港，到越南海防，然后坐滇越铁路火车，由老街入境，至昆明。

有意思的是，轮船上开饭，除了白米饭之外，还有一箩高粱米饭。这是给东北学生预备的。吃高粱米饭，就咸鱼、小虾，可以使"我的家在东北松花江上的"的流亡学生得到一点安慰，这种举措很有人情味。

我们在上海就听到滇越路有瘴气，易得恶性疟疾，沿路的水不能喝，于是带了好多瓶矿泉水。当时的矿泉水是从法国进口的，很贵。

没有想到恶性疟疾照顾上了我！到了昆明，就发了病，高烧超过四十度，进了医院，医生就给我打了强心针（我还跟护士开玩笑，问"要不要写遗书"）。用的药是606，我赶快声明：我没有生梅毒！

出了院，晕晕乎乎地参加了全国统一招生考试。上帝保佑，竟以第一志愿被录取，我当时真是像做梦一样。

当时到昆明来考大学的，取道各有不同。

有一位历史系学生姓刘的同学是自己挑了一担行李，

从家乡河南一步一步走来的。这人的样子完全是一个农民，说话乡音极重，而且四年不改。

有一位姓应的物理系的同学，是在西康买了一头毛驴，一路骑到昆明来的。此人精瘦，外号"黑鬼"，宁波人。

这样一些莘莘学子，不远千里，从四面八方奔到昆明来，考入西南联大，他们来干什么，寻找什么？

大部分同学是来寻找真理，寻找智慧的。

也有些没有明确目的，糊里糊涂的。我在报考申请书上填了西南联大，只是听说这三座大学，尤其是北大的学风是很自由的，学生上课、考试，都很随便，可以吊儿郎当。我就是冲着吊儿郎当来的。

我寻找什么？

寻找潇洒。

斯是陋室

西南联大的校舍很分散，很多处是借用昆明原有的房屋，学校、祠堂。自建的，集中，成片的校舍叫"新校舍"。

新校舍大门南向，进了大门是一条南北大路。这条路是土路，下雨天滑不留足，摔倒的人很多。这条土路把新校舍划分成东西两区。

西边是学生宿舍。土墙，草顶。土墙上开了几个方洞，方洞上竖了几根不去皮的树棍，便是窗户。挨着土墙排了一列双人木床，一边十张，一间宿舍可住四十人，桌椅是没有的。两个装肥皂的大箱摞起来。既是书桌，也是衣柜。昆明不知道哪里来的那么多肥皂箱，很便宜，男生女生多数都有这样一笔"财产"。有的同学在同一宿舍中一住四年不挪窝，也有占了一个床位却不来住的。有的不是这个大学的，却住在这里。有一位，姓曹，是同济大学的，学的是机械工程，可是他从来不到同济大学去上课，却从早到晚趴在木箱上写小说。有些同学成天在一起，乐数晨夕，堪称知己。也有老死不相往来，几乎等于不认识的。我和那位姓刘的历史系同学就是这样，我们俩同睡一张木床，他住上铺，我住下铺，却很少见面。他是个很守规矩，很用功的人，每天按时作息。我是个夜猫子，每天在系图书馆看一夜书，即天亮才回宿舍。等我回屋就寝时，他已经在校园树下苦读英文了。

大路的东侧，是大图书馆。这是新校舍唯一的一座瓦顶的建筑。每天一早，就有人等在门外"抢图书馆"，——抢位置，抢指定参考书。大图书馆藏书不少，但指定参考书总是不够用的。

每月月初要在这里开一次"国民精神总动员月会"，简称"国民月会"。把图书馆大门关上，钉了两面交叉的党国旗，便是会场。所谓月会，就是由学校的负责人讲一通话。讲的次数最多的是梅贻琦，他当时是主持日常校务的校长（北大校长蒋梦麟、南开校长张伯苓）。梅先生相貌清癯，人很严肃，但讲话有时很幽默。有一个时期昆明闹霍乱，梅先生告诫学生不要在外面乱吃，说："有同学说'我在外面乱吃了好多次，也没有得一次霍乱'，同学们！这种事情是不能有第二次的。"

更东，是教室区。土墙，铁皮屋顶（涂了绿漆）。下起雨来，铁皮屋顶被雨点打得乒乒乓乓地响，让人想起王禹偁的《黄岗竹楼记》。

这些教室方向不同，大小不一，里面放了一些一边有一块平板，可以在上面记笔记的木椅，都是本色，不漆油漆。木椅的设计可能还是从美国传来的，我在爱荷华——耶鲁都看见过。这种椅子的好处是不固定，可以从这个教室到那个教室任意搬来搬去。吴宓（雨僧）先生讲《红楼梦》，一看下面有女生还站着，就放下手杖，到别的教室去搬椅子。于是一些男同学就也赶紧到别的教室去搬椅子。到宝姐姐、林妹妹都坐下了，吴先生才开始讲。

这样的陋室之中，却培养了很多优秀的人才。

联大五十周年校庆时，校友从各地纷纷返校。一位从国外赶回来的老同学（是个男生），进了大门就跪在地下放声大哭。

前几年我重回昆明，到新校舍旧址（现在是云南师范大学）看了看，全都变了样，什么都没有了，只有东北角还保存了一间铁皮屋顶的教室，也岌岌可危了。

不衫不履

联大师生服装各异，但似乎又有一种比较一致的风格。

女生的衣着是比较整洁的。有的有几件华贵的衣服，那是少数军阀商人的小姐。但是她们也只是参加 Party 时才穿，上课时不会穿得花里胡哨的。一般女生都是一身阴丹士林旗袍，上身套一件红的毛衣。低年级的女生爱穿"工裤"，——劳动布的长裤，上面有两条很宽的带子，白色或浅花的衬衫。这大概本是北京的女中学生流行的服装，这种风气被贝满等校的女生带到昆明来了。

男同学原来有些西装革履，裤线笔直的，也有穿麂皮夹克的，后来就日渐少了，绝大多数是蓝布衫，长裤。

几年下来，衣服破旧，就想各种办法"弥补"，如贴一张橡皮膏之类。有人裤子破了洞，不会补，也无针线，就找一根麻筋，把破洞结了一个疙瘩。这样的疙瘩，名士不止一人。

教授的衣服也多残破了。闻一多先生有一个时期穿了一件一个亲戚送给他的灰色夹袍，式样早就过时，领子很高，袖子很窄。朱自清先生的大衣破得不能再穿，就买了一件云南赶马人穿的深蓝碴氇的一口钟（大概就是彝族察尔瓦）披在身上，远看有点像一个侠客。有一个女生从南院（女生宿舍）到新校舍去，天已经黑了，路上没有人，她听到后面有梯里突鲁的脚步声，以为是坏人追了上来，很紧张。回头一看，是化学教授曾昭伦。他穿了一双空前（露着脚趾）绝后鞋（后跟烂了，提不起来，只能半跐着），因此发出此梯里突鲁的声音。

联大师生破衣烂衫，却每天孜孜不倦地做学问，真是穷且益坚，不坠青云之志，这种精神，人天可感。

当时"下海"的，也有。有的学生跑仰光、腊戍，趸卖"玻璃丝袜""旁氏口红"；有一个华侨同学在南屏街开了一家很大的咖啡馆，那是极少数。

采 薇

大学生大都爱吃，食欲很旺，有两个钱都吃掉了。

初到昆明，带来的盘缠尚未用尽，有些同学和家乡邮汇尚通，不时可以得到接济，一到星期天就出去到处吃馆子。汽锅鸡、过桥米线、新亚饭店的过油肘子、东月楼的锅贴乌鱼、映时春的油淋鸡、小西门马家牛肉馆的牛肉、厚德福的铁锅蛋、松鹤楼的腐乳肉、"三六九"（一家上海面馆）的大排骨面，全都吃了一个遍。

钱逐渐用完了，吃不了大馆子，就只能到米线店里吃米线、饵块。当时米线的浇头很多，有闷鸡（其实只是酱油煮的小方块瘦肉，不是鸡）、爨肉（即肉末。音川，云南人不知道为什么爱写这样一个笔画繁多的怪字）、鳝鱼、叶子（油炸肉皮煮软，有的地方叫"响皮"，有的地方叫"假鱼肚"）。米线上桌，都加很多辣椒，——"要解馋，辣加咸"。如果不吃辣，进门就得跟堂倌说："免红！"

到连吃米线、饵块的钱也没有的时候，便只有老老实实到新校舍吃大食堂的"伙食"。饭是"八宝饭"，通红的糙米，里面有砂子、木屑、老鼠屎。菜，偶尔有一碗回锅肉、炒猪血（云南谓之"旺子"），常备的菜是盐水煮芸豆，还有一种叫"魔芋豆腐"，为紫灰色的，烂糊糊的淡而无味的奇怪东西。有一位姓郑的同学告诫同学：饭后不可张嘴——恐怕飞出只鸟来！

一九四四年，我在黄土坡一个中学教了两个学期。这个中学是联大办的，没有固定经费，薪水很少，到后来连一点极少的薪水也发不出来，校长（也是同学）只能设法弄一点米来，让教员能吃上饭。菜，对不起，想不出办法。学校周围有很多野菜，我们就吃野菜。校工老鲁是我们的技术指导。老鲁是山东人，原是个老兵，照他说，可吃的野菜简直太多了，但我们吃得最多的是野苋菜（比园种的家苋菜味浓）、灰菜（云南叫作灰藋菜，"藋"字见于《庄子》，是个很古的字），还有一种样子像一根鸡毛掸子的扫帚苗。野菜吃得我们真有些面有菜色了。

有一个时期附近小山下柏树林里飞来很多硬壳昆虫，黑色，形状略似金龟子，老鲁说这叫豆壳虫，是可以吃的，好吃！他捉了一些，撕去硬翅，在锅里干爆了，撒了一点花椒盐，就起酒来。在他的示范下，我们也爆了一盘，闭着眼睛尝了尝，果然好吃。有点像盐爆虾，而且有一股柏树叶的清香，——这种昆虫只吃柏树叶，别的树叶不吃。于是我们有了就酒的酒菜和下饭的荤菜。这玩意

春初新韭 秋末晚菘
汪曾祺散文精选

多得很，一会儿的工夫就能捉一大瓶。

要写一写我在昆明吃过的东西，可以写一大本，撮其大要写了一首打油诗。怕读者看不明白，加了一些注解，诗曰：

重升肆里陶杯绿，①

饵块摊来炭火红。②

正义路边养正气，③

小西门外试撩青。④

人间至味干巴菌，⑤

世上馋人大学生。

尚有灰藋堪漫吃，

更循柏叶捉昆虫。

①昆明的白酒分市酒和升酒。市酒是普通白酒，升酒大概是用市酒再蒸一次，谓之"玫瑰重升"，似乎有点玫瑰香气。昆明酒店都是盛在绿陶的小碗里，一碗可盛二小两。

②饵块分两种，都是米面蒸熟了的。一种状如小枕头，可做汤饵块、炒饵块。一种是椭圆的饼，犹如鞋底，在炭火上烤得发泡，一面用竹片涂了芝麻酱、花生酱、甜

酱油、油辣子，对合而食之，谓之"烧饵块"。

③汽锅鸡以正义路牌楼旁一家最好。这家无字号，只有一块匾，上书大字"培养正气"，昆明人想吃汽锅鸡，就说："我们今天去培养一下正气。"

④小西门马家牛肉极好。牛肉是蒸或煮熟的，不炒菜，分部位，如"冷片""汤片"……有的名称很奇怪。如大筋（牛鞭）、"领肝"（牛肚）。最特别的是"撩青"（牛舌，牛的舌头可不是撩青草的么？但非懂行人觉得这很费解）。"撩青"很好吃。

⑤昆明菌子种类甚多，如"鸡枞"，这是菌之王，但至今我还不知道为什么只在白蚁窝上长"牛肝菌"（色如牛肝，生时熟后都像牛肝，有小毒，不可多吃，且须加大量的蒜，否则会昏倒。有个女同学吃多了牛肝菌，竟至休克）。"青头菌"，菌盖青绿，菌丝白色，味较清雅。味道最为隽永深长，不可名状的是干巴菌。这东西中吃不中看，颜色紫赭，不成模样，简直像一堆牛屎，里面又夹杂了一些松毛、杂草。可是收拾干净了撕成蟹腿状的小片，加青辣椒同炒，一箸入口，酒兴顿涨，饭量猛开。这真是人间至味！

一束光阴付苦茶

昆明的大学生（男生）不坐茶馆的大概没有。不可一日无此君，有人一天不喝茶就难受。有人一天喝到晚，可称为"茶仙"。茶仙大抵有两派。一派是固定茶座。有一位姓陆的研究生，每天在一家茶馆里喝三遍茶，早，午，晚。他的牙刷、毛巾、洗脸盆就放这家茶馆里，一起来就上茶馆。另一派是流动茶客，有一姓朱的，也是研究生，他爱到处溜，腿累了就走进一家茶馆，坐下喝一气茶。全市的茶馆他都喝遍了。他不但熟悉每一家茶馆，并且知道附近哪是公共厕所，喝足了茶可以小便，不致被尿憋死。

关于喝茶，我写过一篇《泡茶馆》，已经发表过，写得相当详细，不再重复，有诗为证：

水厄囊空亦可赊，⑥

枯肠三碗嗑葵花。⑦

昆明七载成何事？

一束光阴付苦茶。

⑥我们和凤翥街几家茶馆很熟，不但喝茶，吃芙蓉糕可以欠账，甚至可以向老板借钱去看电影。

⑦茶馆常有女孩子来卖炒葵花子，绕桌轻唤："瓜子瓜，瓜子瓜。"

水流云在

云南人对联大学生很好，我们对云南、对昆明也很有感情。我们为云南做了一些什么事，留下一点什么？

有些联大师生为云南做了一些有益的实事，比如地质系师生完成了《云南矿产普查报告》，生物系师生写出了《中国植物志·云南卷》的长编初稿，其他还有多少科研成果，我不大知道，我不是搞科研的。

比较明显的，普遍的影响是在教育方面。联大学生在中学兼课的很多，连闻一多先生都在中学教过国文，这对昆明中学生学业成绩的提高，是有很大作用的。

更重要的是使昆明学生接受了民主思想，呼吸到独立思考，学术自由的空气，使他们为学为人都比较开放，比较新鲜活泼。这是精神方面的东西，是抽象的，是一种气质，一种格调，难于确指，但是这种影响确实存在。如云如水，水流云在。

一九九四年二月十五日

载一九九四年第四期《中国作家》

晚翠园曲会

云南大学西北角有一所花园，园内栽种了很多枇杷树，"晚翠"是从千字文"枇杷晚翠"摘下来的。月亮门的门额上刻了"晚翠园"三个大字，是胡小石写的，很苍劲。胡小石当时在重庆中央大学教书。云大校长熊庆来和他是至交，把他请到昆明来，在云大住了一些时候。胡小石在云大、昆明写了不少字。当时正值昆明开展捕鼠运动，胡小石请有关当局给他拔了很多老鼠胡子，做了一束鼠须笔，准备带到重庆去，自用、送人。鼠须笔我从书上看到过，不想有人真用鼠须为笔。这三个字不知是不是鼠须笔所书。晚翠园除枇杷外，其他花木少，很幽静。云大中文系有几个同学搞了一个曲社，活动（拍曲子、开曲会）多半在这里借用一个小教室，摆两张乒乓球桌，二三十张椅子，曲友毕集，就拍起曲子来。

曲社的策划人实为陶光（字重华），有两个云大中文系同学为其助手，管石印曲谱，借教室，打开水等杂务。陶光是西南联大中文系教员，教"大一国文"的作文。"大一国文"各系大一学生必修。联大的大一国文课有一些和别的大学不同的特点。一是课文的选择。诗经选了"关关雎鸠"，好像是照顾面子。楚辞选《九歌》，不选《离骚》，大概因为《离骚》太长了。《论语》选"冉有公西华侍坐""暮春者，春服既成，冠者五六人，童子六七人，浴乎沂，风乎舞雩，泳而归"，这不仅是训练学生的文字表达能力，这种重个性，轻利禄，潇洒自如的人生态度，对于联大学生的思想素质的形成，有很大的关系，这段文章的影响是很深远的。联大学生为人处世不俗，夸大一点说，是因为读了这样的文章。这是真正的教育作用，也是选文的教授的用心所在。

魏晋不选庾信、鲍照，除了陶渊明，用相当多篇幅选了《世说新语》，这和选"冉有公西华侍坐"，其用意有相通处。唐人文选柳宗元《永州八记》而舍韩愈。宋文突出地全录了李易安的《金石录后序》。这实在是一篇极好的文章。声情并茂。到现在为止，对李清照，她的词，她的这篇《金石录后序》还没有给予应有的重视，她在文学史上的位置还没有摆准，偏低了。这是不公平的。

　　古人的作品也和今人的作品一样，其遭际有幸有不幸，说不清是什么缘故。白话文部分的特点就更鲜明了。鲁迅当然是要选的，哪一派也得承认鲁迅，但选的不是《阿Q正传》而是《示众》，可谓独具只眼。选了林徽因的《窗子以外》、丁西林的《一只马蜂》（也许是《压迫》）。林徽因的小说进入大学国文课本，不但当时有人议论纷纷，直到今天，接近二十一世纪了，恐怕仍为一些铁杆左派（也可称之为"左霸"，现在不是什么最好的东西都称为"霸"么）所反对，所不容。但我却从这一篇小说知道小说有这种写法，知道什么是"意识流"，扩大了我的文学视野。"大一国文"课的另一个特点是教课文和教作文的是两个人。教课文的是教授、副教授，教作文的是讲师、教员、助教。为什么要这样分开，我至今不知道是什么道理。我的作文课是陶重华先生教的。他当时大概是教员。

　　陶光（我们背后都称之为陶光，没有人叫他陶重华），面白皙，风神朗朗。他有一个特别的地方，是同时穿两件长衫。里面是一件咖啡色的夹袍，外面是一件罩衫，银灰色。都是细毛料的。于此可见他的生活一直不很拮据——当时教员、助教大都穿布长衫，有家累的更是衣履敝旧。他走进教室，脱下外衣，搭在椅背上，就把作文分发给学生，摘其佳处，很"投入"地（那时还没有这个词）评讲起来。

陶光的曲子唱得很好。他是唱冠生的，在清华大学时曾受红豆馆主（傅侗）亲授。他嗓子好，宽、圆、亮、足，有力度。他常唱的是"三醉""迎像""哭像"，唱得苍苍莽莽，淋漓尽致。

不知道为什么，我觉得陶光在气质上有点感伤主义。

有一个女同学交了一篇作文，写的是下雨天，一个人在弹三弦。有几句，不知道这位女同学的原文是怎样的，经陶先生润改后成了这样。

"那湿冷的声音，湿冷了我的心。"这两句未见得怎么好，只是"湿冷了"以形容词作动词用，在当时是颇为新鲜的。我一直不忘这件事。我认为这其实是陶光的感觉，并且由此觉得他有点感伤主义。

说陶光是寂寞的，常有孤独感，当非误识。他的朋友不多，很少像某些教员、助教常到有权势的教授家走动问候，也没有哪个教授特别赏识他，只有一个刘文典（叔雅）和他关系不错。刘叔雅目空一切，谁也看不起。他抽鸦片，又嗜食宣威火腿，被称为"二云居士"——云土、云腿。他教《文选》，一个学期只讲了多半篇木玄虚的《海赋》，他倒认为陶光很有才。他的《淮南子校注》是陶光编辑的，扉页的"淮南子校注"也是陶光题署的。从扉页题署，我才知道他的字写得很好。

他是写二王的，临《圣教序》功力甚深。他曾把张充和送他的一本影印的《圣教序》给我看，字帖的缺字处有张充和题的字：

以此赠别，充和。

陶光对张充和是倾慕的，但张充和似只把陶光看作一般的朋友，并不特别垂青。

陶光不大为人写字，书名不著。我曾看到他为一个女同学写的小条幅，字较寸楷稍大，写在冷金笺上，气韵流转，无一败笔。写的是唐人诗：

故园东望路漫漫，

双袖龙钟泪不干。

马上相逢无纸笔，

凭君传语报平安。

这条字反映了陶光的心情。"炮仗响了"（日本投降那天，昆明到处放鞭炮，云南把这天叫作"炮仗响"的那天）后，联大三校准备北返，三校人事也基本定了，清华、北大都没有聘陶光，他只好滞留昆明。后不久，受聘云大，对"洛阳亲友"，只能"凭君传语"了。

我们回北平，听到一点陶光的消息。经刘文典撮合，他和一个唱滇戏的演员结了婚。

后来听说和滇剧女演员离婚了。

又听说他到台湾教了书。悒郁潦倒，竟至客死台北街头。遗诗一卷，嘱人转交张充和。

正晚上拍着曲子，从窗外飞进一只奇怪的昆虫，不像是动物，像植物，体细长，约有三寸，完全像一截青翠的竹枝。大家觉得很稀罕，吴征镒捏在手里看了看，说这是竹节虫。吴征镒是读生物系的，故能认识这只怪虫，但他并不研究昆虫，竹节虫在他只是常识而已，他钻研的是植物学，特别是植物分类学。他记性极好，"文化大革命"被关在牛棚里，一个看守他的学生给了他一个小笔记本，一支铅笔，他竟能在一个小笔记本上完成一部著作，天头地脚满满地写了蠓虫大的字，有些资料不在手边，他凭记忆引用。出牛棚后，找出资料核对，基本准确；他是学自然科学的，但对文学很有兴趣，写了好些何其芳体的诗，厚厚的一册。他很早就会唱昆曲，——吴家是扬州文史世家。唱老生。他身体好，中气足，能把《弹词》的"九转货郎儿"一气唱到底，这在专业的演员都办不到，——戏曲演员有个说法："男怕弹词。"他常唱的还有《疯僧扫秦》。

每次做"同期"（唱昆爱好者约期集会唱曲，叫作同期）必到的是崔芝兰先生。她是联大为数不多的女教授之一，多年来研究蝌蚪的尾巴，运动中因此被斗，资料标本均被毁尽。崔先生几乎每次都唱《西楼记》。女教授，举止自然很端重，但是唱起曲子来却很"嗲"。

崔先生的丈夫张先生也是教授，每次都陪崔先生一起来。张先生不唱，只是端坐着听，听得很入神。

除了联大、云大师生，还有一些外来的客人来参加同期。

有一个女士大概是某个学院的教授的或某个高级职员的夫人。她身材匀称，小小巧巧，穿浅色旗袍，眼睛很大，眉毛的弧线异常清楚，神气有点天真，不作态，整个脸明明朗朗。我给她起了个外号："简单明了"，朱德熙说："很准确。"她一定还要操持家务，照料孩子，但只要接到同期通知，就一定放下这些，欣然而来。

有一位先生，大概是襄理一级的职员，我们叫他"聋山门"。他是唱大花面的，而且总是唱《山门》，他是个聋子，——并不是板聋，只是耳音不准，总是跑调。真也亏给他撅笛的张宗和先生，能随着他高低上下来回跑。聋子不知道他跑调，还是气势磅礴地高唱。

"树木叉桠，峰峦如画，堪潇洒，喂呀，闷煞洒家，烦恼天来大！"

给大家吹笛子的是张宗和，几乎所有人唱的时候笛子都由他包了。他笛风圆满，唱起来很舒服。夫人孙凤竹也善唱曲，常唱的是"折柳·阳关"，唱得很宛转。"叫他关河到处休离剑，驿路逢人数寄书"，闻之使人欲涕。她身弱多病，不常唱。张宗和温文尔雅，孙凤竹风致楚楚，有时在晚翠园（他们就住在晚翠园一角）并肩散步，让人想起"拣名门一例一例里神仙眷"（《惊梦》）。他们有一个女儿，美得像一块玉。张宗和后调往贵州大学，教中国通史。孙凤竹死于病。不久，听说宗和也在贵阳病殁。他们岁数都不大，宗和只三十左右。

有一个人，没有跟我们一起拍过曲子，也没有参加过同期，但是她的唱法却在曲社中产生很大的影响，张充和。她那时好像不在昆明。

张家姊妹都会唱曲。大姐因为爱唱曲，嫁给了昆曲传习所的顾传珍。张家是合肥望族，大小姐却和一个昆曲演员结了婚，门不当，户不对，张家在儿女婚姻问题上可真算是自由解放，突破了常规。二姐是个无事忙，她不大唱，只是对张罗办曲会之类的事非常热心。三姐兆和即我的师母，沈从文先生的夫人。她不太爱唱，但我却听过她唱"扫花"，是由我给她吹的笛子。四妹充和小时没有进过学校，只是在家里延师教诗词，拍曲子。她考北大，数学是零分，国文是一百分，北大还是录取了她。她在北大很活跃，爱戴一顶红帽子，北大学生都叫她"小红帽"。

她能戏很多，唱得非常讲究，运字行腔，精微细致，真是"水磨腔"。我们唱的"思凡""学堂""瑶台"，都是用的她的唱法（她灌过几张唱片）。她唱的"受吐"，娇慵醉媚，若不胜情，难可比拟。

张充和兼擅书法，结体用笔似晋朝人。

许宝騄先生是数论专家。但是曲子唱得很好。许家是昆曲大家，会唱曲子的人很多。俞平伯先生的夫人许宝驯就是许先生的姐姐。许先生听过我唱的一支曲子，跟我们的系主任罗常培（莘田）说，他想教我一出"刺虎"。罗先生告诉了我，我自然是愿意的，但稍感意外。我不知道许先生会唱曲子，更没想到他为什么主动提出要教我一出戏。我按时候去了，没有说多少话，就拍起曲子来。

"银台上煌煌的风烛墩，金猊内袅袅的香烟喷……"

许先生的曲子唱得很大方，"刺虎"完全是正旦唱法。

春初新韭 秋末晚菘
汪曾祺散文精选

他的"撒"特别好，摇曳生姿而又清清楚楚。

许茹香是每次同期必到的。他在昆明航空公司供职，是经理查阜西的秘书。查先生有时也来参加同期，他不唱曲子，是来试吹他所创制的十二平均律的无缝钢管的笛子的（查先生是"国民政府"的官员，但是雅善音乐，除了研究曲律，还搜集琴谱，解放后曾任中国音协副主席）。许茹香，同期的日子他是不会记错的，因为同期的帖子是他用欧底赵面的馆阁体小楷亲笔书写的。许茹香是个戏篓子，什么戏都会唱，包括"花判"（《牡丹亭》）这样的专业演员都不会的戏。他上了岁数，吹笛子气不够，就带了一枝"老人笛"，吹着玩玩。

这是一个非常有趣的老人。他做过很多事，走过很多地方，会说好几种地方的话。有一次说了一个小笑话。有四个人，苏州人、绍兴人、宁波人、扬州人，一同到一个庙里，看到四大金刚，苏州人、绍兴人、宁波人各人说了几句话，都有地方特点。轮到扬州人，扬州人赋诗一首：

四大金刚不出奇，
里头是草外头是泥。
你不要夸你个子大，
你敢跟我洗澡去！

扬州人好洗澡。早上皮包水，晚上水包皮。"去"读"ki"，正是扬州口音。

同期只供茶水。偶在拍曲后亦作小聚。大馆子吃不起，只能吃花不了多少钱的小馆。是"打平伙"，——北京人谓之"吃公墩"，各人自己出钱。翠湖西路有一家北京人开的小馆，卖馅儿饼，大米粥，我们去吃了几次。吃完了结账，掌柜的还在低头扒算盘，许宝骙先生已经把钱敛齐了交到柜上。掌柜的诧异：怎么算得那么快？他不知道算账的是一位数论专家，这点小九九还在话下吗？

参加同期、曲会的，多半生活清贫，然而在百物飞腾，人心浮躁之际，他们还能平平静静地做学问，并能在高吟浅唱、曲声笛韵中自得其乐，对复兴民族大业不失信心，不颓唐，不沮丧，他们是浊世中的清流，旋涡中的砥柱。他们中不少人对文化、科学做出了很大的成绩，安贫乐道，恬淡冲和，是中国的知识分子优良的传统。这个传统应该得到继承，得到扶植发扬。

倘如此，则曲社同期无可非议。晚翠园是可怀念的。

一九九六年春节

载一九九六年第五期《当代人》